A HERANÇA GUARANI

SONIA RODRIGUES

O RETORNO DE EMÍLIA

Ilustrações
David Mussel
& Luísa Furukawa

A HERANÇA GUARANI

EDITORA
NOVA
FRONTEIRA

Editora Nova Fronteira Participações S.A.
Rua Candelária, 60 — 7° andar — Centro — 20091-020
Rio de Janeiro — RJ — Brasil
Tel.: (21) 3882-8200 — Fax: (21) 3882-8212/8313

CIP-BRASIL. CATALOGAÇÃO NA PUBLICAÇÃO
SINDICATO NACIONAL DOS EDITORES DE LIVROS, RJ

R616h
1. ed.

Rodrigues, Sonia
A herança guarani / Sonia Rodrigues ; ilustrações Luísa Furukawa, David Mussel. - 1. ed. - Rio de Janeiro : Nova Fronteira, 2019.
: il. (O retorno de Emília)
112p.

ISBN 9788520944318

1. Ficção. 2. Literatura infantil brasileira. I. Furukawa, Luísa. II. Mussel, David. III. Título. IV. Série.

19-56854

CDD: 808.899282
CDU: 82-93(81)

Antes disso...

2047
A Queda. O Brasil é dominado pelos Três Grandes, que comandam a Corporação.

2050
Akemi abre *Memórias da Emília* na Amazônia desertificada. Emília sai do livro. Agora é uma menina de aproximadamente 12 anos.

2050
Emília vai ao Rio de Janeiro para descobrir mais sobre a Queda e encontra Monteiro Lobato. Ele diz que é preciso encontrar os antepassados dos três cientistas que caíram na Fenda do Tempo.

1821
Emília enfrenta o próprio racismo.

2035
Emília encontra Kido.

2050
Emília planeja a busca pela segunda cientista.

SUMÁRIO

9 AS SETE MISSÕES GUARANIS

15 EMÍLIA RECEBE UMA VISITA

25 EM 2035, OS VILÕES ENRIQUECEM

27 QUERO SER ENTERRADO COMO GUARANI

33 A CONFISSÃO DE EMÍLIA

47 24 HORAS SEM HACKERS

55 VOCÊ TEM QUE FAZER O QUE EU MANDO!

63 A GUERRA GUARANÍTICA

75 OS VILÕES SE DESENTENDEM

79 CAIBOATÉ E A FONTE SECRETA

89 UMA AVÓ SALVA A OUTRA

95 ADIVINHA QUEM SE TORNOU UMA DAS QUATRO GRANDES?

105 CORAÇÃO DE MÃE

AS SETE MISSÕES GUARANIS

Emília chegou ao território do que hoje é o Rio Grande do Sul em 1745, cinco anos antes do Tratado de Madri. O tratado traria como consequência a troca de territórios entre a Espanha e Portugal, com os Sete Povos das Missões passando do domínio dos jesuítas espanhóis para as mãos dos portugueses.

Sua tarefa: cumprir a próxima etapa para impedir que a Queda aconteça em 2047. O que ela sabia até aquele momento? Sabia que vilões tentaram roubar o segredo da fartura criado através de inteligência artificial por três jovens cientistas brasileiros. Durante o roubo, eles provocaram uma fenda no tempo que destruiu todas as chances de progresso no Brasil. Quem eram os vilões? Ela ainda não sabia.

Emília já havia cumprido a primeira tarefa: encontrar Kido, o futuro cientista que, junto com ela, influenciou que a Abolição da Escravatura no Brasil fosse decretada cinquenta anos antes. Agora era preciso salvar uma indiazinha que era a chave para Emília encontrar a segunda cientista perdida na Fenda do Tempo, em 2047. Emília precisava resgatar essa pequena guarani para que seus descendentes tivessem um futuro garantido. E ela estava numa das sete missões guaranis. Isso apesar de Emília não saber ainda como fazer o resgate nem o que poderia acontecer.

Emília tinha que descobrir em qual dos Sete Povos das Missões estava a bebezinha para salvá-la antes da Guerra Guaranítica. Eram essas as instruções que Monteiro Lobato lhe dera, no ano de 2050, quando Emília saiu dos livros para o mundo.

Precisava ainda encontrar aliados, em 1745, que protegessem a criança até estar grande o suficiente para subir no patinete com Emília. Muitos problemas para pensar de uma vez só, concluiu Emília.

As instruções estavam copiadas no seu celular. O problema, naquele momento, era: em qual das missões estaria a menininha? São Borja? São Nicolau? São Luiz Gonzaga? São João Batista? São Lourenço Mártir? Santo Ângelo? São Miguel?

A distância entre cada missão era de 25 quilômetros, o que para os índios e os jesuítas era muito por causa da mata cerrada que existia em 1745. Nas matas, também havia jaguatiricas, porcos selvagens, cobras.

Com Emília se locomovendo no patinete Pirlimpimpim, era fácil vencer essa distância num dia. Mas existia outro motivo para ela querer seguir rápido. No ponto mais alto de cada missão, havia um sistema de comunicação por archotes. Talvez a notícia de que uma estranha estava passeando por ali pudesse ser comunicada de uma missão para outra.

Outro problema de viajar pelo ar eram os gaviões, inclusive harpias. Emília não teve medo das águias do lago Esfinfale na época em que ajudou Hércules a realizar seus 12 trabalhos. Mas, na Grécia, ela estava com Pedrinho, com o Visconde de Sabugosa e ainda contava com a força bruta do herói. No céu do futuro Rio Grande do Sul, se um gavião enorme daqueles resolvesse atacá-la, o que seria da nova Emília? Ela era uma menina com aproximadamente 12 anos que podia ser bicada.

Em São Borja, a primeira missão, ela perguntou ao guarani que cuidava da sacristia sobre os nascimentos dos últimos meses. Como estava muito cedo e o interior da igreja era tomado de sombras, ele não notou de imediato sua aparência. Ou talvez não manifestasse estranheza porque os guaranis olhavam sempre para baixo ou para o horizonte, nunca diretamente para o interlocutor, como ela logo aprendeu.

— Podia me informar se nasceu alguma menina aqui nos últimos meses? — perguntou Emília.

— Aqui em São Borja, o ultimo bebê nasceu em novembro do ano passado — informou o jovem índio. — Era um menino. Foi batizado aqui mesmo nessa pia — disse ele, mostrando uma bela peça inteiriça esculpida na pedra.

Nesse momento, o sol iluminou a pia batismal, e o índio, pela primeira vez, olhou direito para Emília. O que ele viu foi uma menina com uns 12 anos, cabelos pretos e pele mais branca do que a maioria das meninas que ele conhecia na aldeia. E umas roupas curtas e justas que ele nunca vira igual. E um estranho instrumento no qual ela colocava os pés, um na frente, outro atrás.

Emília agradeceu e antes que ele perguntasse alguma coisa — Como você chegou aqui? O que é essa coisa em cima da qual você anda? — partiu. Para São Nicolau, a missão seguinte, célebre por seus músicos.

Algumas meninas haviam nascido nos últimos meses, nenhuma era órfã, informou uma índia de cabelos brancos e muitas rugas que morava no cotiguaçu, a casa das mulheres. A índia estava tecendo quando Emília chegou, e tecendo continuou. Como se fosse normalíssimo uma menina vestida com roupas do futuro chegar ali de manhã perguntando por recém-nascidos.

— Onde está o povo todo? — perguntou Emília.

— As mulheres com filhos pequenos estão cuidando deles e das casas — respondeu a índia em espanhol, já que os guaranis falavam a sua própria língua e o espanhol ensinado pelos jesuítas. — As outras, nas oficinas. Os homens, nas plantações. Os jovens, na escola ou nos ensaios.

— De música? — Emília não se conformava com a indiferença guarani à sua curiosidade.

— Sempre de música, menina. O que existe além de cuidar da família e da música enquanto estivermos aqui, neste mundo?

— A senhora não tem a casa de sua família para cuidar? — Emília era sempre direta, o que, frequentemente, não agradava aos seus interlocutores.

A índia parou um instante o que fazia.

— Meus filhos e meu marido morreram no Grande Vento, há muitos anos. Minhas irmãs, os maridos e os filhos delas, no incêndio que se seguiu. De lá para cá, vivo aqui com outras viúvas. Cuidamos umas das outras e juntas cuidamos dos órfãos. Você tem mãe, menina? Qual a sua tribo? — perguntou a velha índia.

— Minha mãe foi Tia Nastácia, minha senhora — contou Emília com orgulho.

Desde que deixara de ser racista, a ex-boneca deixou de ser ingrata também. Na volta de sua primeira viagem no tempo, ela teve até a ideia de subir ao Corcovado para pendurar uma faixa: "Emília, ex-Marquesa de Rabicó, ex--boneca de pano, mas sempre filha da imaginação de Monteiro Lobato e das mãos de Tia Nastácia." Desistiu da ideia porque isso ia atrasá-la para a viagem ao Rio Grande do Sul de 1745. Quando o estado nem existia ainda.

Mas não teve tempo de fazer esse comentário porque a índia velha estava remexendo nas suas coisas, que estavam num belo baú de madeira talhada com imagens de pássaros. Tirou do baú duas peças de algodão branco que combinadas eram justo do tamanho de Emília.

— Para que isso? — perguntou Emília, desconfiada.

— Isso é uma tupaia e uma vata. Para os que não entendem que existem muito mais coisas no ar do que acreditam. Você quer ou não quer achar a menina?

Emília estava desapontada por, em nenhum momento, a índia ter perguntado alguma coisa a seu respeito. Tão diferente da Vó Maria Conga, que a menina encontrara na época da Independência do Brasil! Ela colocou, com certa má vontade, a roupa indígena por cima das suas, e a índia ainda ajeitou o cinto.

— Então, já vou. Obrigada pelas roupas, tenho que reconhecer que são confortáveis, e a senhora tem razão, corro menos risco de ser incompreendida vestida como uma guarani missioneira.

A índia acenou olhando sempre para baixo.

O que Emília não viu, porque não olhou para trás, foi a velha índia fazendo o sinal da Cruz de Caravaca. A cruz missioneira que os guaranis faziam para pedir proteção para si mesmos e para seu povo. Emília não tinha como saber que a índia, com as mãos, estava pedindo à Terra, ao Sol, ao Ar, à Lua e ao Trovão que protegessem a garota em suas andanças.

EMÍLIA RECEBE UMA VISITA

Desde que Emília o deixou no Rio de Janeiro de 2035, Kido estudava a República dos Guaranis, como alguns chamavam a experiência dos Sete Povos das Missões. E quebrava a cabeça para descobrir se em algum lugar existia uma forma de projetar-se como holograma para o passado. Queria falar com Emília. Como o acesso às produções científicas era muito rápido no Brasil de 2035, ele conseguiu falar com Emília no exato momento em que ela saía de São Luiz Gonzaga, a terceira missão que visitava.

Emília quase caiu para trás quando Kido apareceu na sua frente.

— Kido! Como foi que você conseguiu isso? — E acrescentou: — Nem sombra de uma órfã nascida nos últimos meses.

— Tudo se tornou mais fácil para a ciência e a riqueza do Brasil depois que eu e você convencemos a princesa Leopoldina a abolir a escravidão ao mesmo tempo que fa-

zia a Independência do Brasil. Sabe que eu ainda tenho pesadelos com aquilo? — respondeu Kido.

— Com a Independência?

— Não! Com o que eram a Amazônia e o Rio de Janeiro antes de nós dois voltarmos no tempo.

— Não esqueça que ainda precisamos correr para descobrir a tataravó guarani da cientista de origem indígena — disse Emília.

— E levá-la para o futuro — ponderou Kido.

— Uma coisa de cada vez — disse Emília.

— Você passou pelo colégio jesuíta em São Luiz Gonzaga, não passou, Emília?

— Passei, sim. Até entrei, perguntei a um índio que tomava conta dos meninos se alguma menina órfã tinha nascido ali.

— Você fotografou o colégio?

— Não — respondeu Emília.

— É melhor voltar e fotografar. Descobri na minha pesquisa que, em 1932, um prefeito de São Luiz Gonzaga vai derrubar o colégio para abrir uma rua no lugar.

— Derrubar um colégio lindo daquele? — Emília sempre se irritava com a estupidez humana.

— Vão derrubar. É bom você fotografar o colégio para seu museu. — Dizendo isso, Kido sumiu.

Emília resolveu não voltar. Tinha pressa. Se cada estupidez de destruir um patrimônio histórico no Brasil a fizesse voltar para fotografar, não conseguiria achar a menina nunca.

Resolveu passar pelas missões de São João Batista, São Lourenço Mártir e Santo Ângelo Custódio como um raio. Alguma coisa lhe dizia que a menina que ela precisava achar não estava em nenhuma dessas três missões.

Emília chegou à Missão de São João Batista numa reunião do cabildo, o órgão de administração existente em cada missão. Antônio Sepé era o jesuíta que acompanhava a reunião, o único. Escondida, ela escutou os índios, caciques em sua maioria, todos homens, que examinavam os problemas do dia a dia. A ida de uma boiada ou uma saída de erva-mate para outra região da América Espanhola. A insistência de um índio em ter mais de uma esposa, já que a poligamia, antes comum entre os guaranis, estava proibida. A notícia de um ataque contra o gado de São João Batista por bandoleiros portugueses.

Na casa de Kido, seu pai, Luís Felipe, batia de leve na porta do quarto, onde o filho mexia em um patinete com suas ferramentas.

— O que é isso?

— Estou tentando ajustar o GPS para viajar no tempo.

— Sei — disse o pai, um pouco preocupado. — Não sei se é uma boa ideia você viajar no tempo de novo.

Com esse comentário, Luís Felipe saiu do quarto.

— E se eu mudar o rumo da minha solução? — murmurou Kido.

Ele deixou o patinete de lado e examinou de novo o programa do holograma que havia aperfeiçoado para visitar Emília. Nas duas horas seguintes, acoplou a ele um escâner de objetos. Agora só precisava localizar Emília.

Não foi difícil porque ela ainda estava parada, embevecida, escutando a fala do jovem cacique Sepé Tiaraju. De repente, ela escutou a voz de Kido:

— Emília, Emília...

O que ela fazia? Respondia e corria o risco de ser descoberta espionando uma reunião do cabildo de São João Batista?

— Não posso falar — cochichou Emília.

— O quê? Não estou ouvindo — gritou Kido. — Quer que eu vá até aí?

— De jeito nenhum — falou Emília mais alto.

O padre Antônio Sepé não enxergava bem, mas escutava muito e levantou a cabeça.

— Você disse alguma coisa, Sepé? — perguntou para o jovem cacique.

— Não, padre, o que eu disse antes é que não podemos tolerar que os portugueses da Colônia de Sacramento entrem em nossas estâncias para roubar nosso gado.

Emília cochichou de novo para Kido:

— Está ouvindo? Estou na Missão de São Batista escutando uma reunião.

— Escondida?

— Sim.

— Não precisa falar. Saia daí, vá até a sacristia da igreja e procure o livro em que registram os nascimentos — disse Kido. — Já entro em contato de novo.

— Vou fazer isso — respondeu Emília em tom de resmungo.

Mais uma vez, o jesuíta levantou a cabeça:

— Eu poderia jurar que ouvi uma voz feminina.

— Padre, alguma mulher do cotiguaçu deve estar no desdobramento do mundo — disse um cacique mais velho.

— Vocês continuam dividindo o mundo em dois? — perguntou Antônio Sepé, mas ele estava sorrindo.

— Em quantos mundos aparecerem, padre — brincou Sepé Tiaraju.

Emília não ouviu mais porque foi se esgueirando do seu esconderijo até sair do cabildo. Quando chegou à igreja, um índio, de seus dez anos, a interpelou.

— Você não deveria estar no cotiguaçu!

— Você não deveria tomar conta da sua vida? — respondeu Emília, malcriada como ela só. — Faz favor de me mostrar o livro dos batismos, já, ande.

O adolescente olhou para ela com má vontade, mas pegou o livro, que estava numa linda mesa esculpida à mão.

— Quem fez essa lindeza? — perguntou Emília.

— Eu — disse o adolescente, envergonhado.

— E como é o seu nome?

— Yapuguai.

— Eu não vou esquecer — disse Emília. — Agora você pode me dar licença?

— Você não é desse mundo, é? — perguntou.

— Não, não sou — disse Emília, atalhando o assunto.

O menino fez menção de sair, mas voltou, pensativo.

— Tenho a impressão de que ainda vou vê-la outra vez. No seu mundo.

Dito isso, saiu. Foi só o tempo da voz de Kido se fazer ouvir.

— Emília, fique na frente do livro que vou escanear o registro desse ano de 1745 — disse Kido.

— Aqui tem desde novembro de 1744 — observou Emília.

— Melhor ainda. Espere um instante aí.

Do seu quarto, no Rio de Janeiro, em 2035, Kido ajustou a imagem do livro e, através de um programa de reconhecimento de imagens, atemporal, localizou os livros de batismos das igrejas de Santo Ângelo e São Lourenço Mártir.

— O que você está aprontando? — Emília não aguentava mais de curiosidade.

— Juntei vários pedaços de programas e já posso lhe dizer sem sombra de dúvida que nenhuma menina nasceu em seis dos Sete Povos das Missões nos últimos meses. — Kido não cabia em si de orgulho pela proeza tecnológica.

— Será? — duvidou Emília.

— Pode conferir no livro da sacristia da Missão de São João Batista — desafiou Kido. — Os últimos batismos foram de Joaquim, Alessandro e Nicolau.

Emília olhou o livro. Kido tinha razão.

— E São Miguel? — perguntou Emília.

— Todas as meninas que nasceram nos Sete Povos das Missões nasceram em São Miguel: 15. Todas se chamam Maria — disse Kido.

— E agora? Como vamos achar a guarani Maria do Carmo das instruções?

Yapuguai voltou nessa hora.

— Perguntei para o padre Antônio Sepé se ele havia mandando alguém olhar o livro de batismos e ele disse que não.

— Você gosta muito dos jesuítas, não é? Por quê? — questionou Emília, andando de costas e sempre segurando o patinete, em direção à saída. Vai que o menino resolvia encrencar com ela e levá-la até o padre?

— Porque, antes deles, meu povo vivia escravizado pelos "encomendeiros", que obrigavam os índios a colher erva-mate por meses, sem comer, apanhando, morrendo de fome. Ou praticando o pecado do suicídio coletivo.

— Suicídio coletivo? — Emília chegou a parar um instante sua fuga silenciosa para a porta. Horrorizada. Descobrira mais uma maldade feita contra os índios. Estava escandalizada pelo pouco que sabia de História do Brasil. Emília gostava de saber das coisas.

— Por isso, a gente conta tudo para os padres — disse Yapuguai, sério. — Hoje mesmo vou dizer para o meu confessor que encontrei uma menina vestida como índia, mas que não era índia...

Ele não disse mais nada porque Emília sumiu. Apertou o guidão do patinete e em trinta segundos estava em São Miguel sem que o menino imaginasse como.

EM 2035, OS VILÕES ENRIQUECEM

Numa casa no Grajaú, também em 2035, na mesma época na qual Kido tentava ajudar Emília, D. Antonia começava as tarefas da manhã.

Ela varria a casa porque ainda não havia se acostumado ao súbito enriquecimento de Rodrigo com a venda de softwares.

Varrendo o quarto do filho, encontrou um papel no chão. Emília, Francisco, padres. Ela acordou Rodrigo.

— O que é isso? Você está escrevendo um livro?

— Para que livro, mãe? Livro é uma coisa antiquada, de gente velha — respondeu Rodrigo, malcriado.

D. Antonia era uma pessoa cheia de qualidades, mas nunca soube como cortar os maus modos de seu filho. Aquele filho único, tão inteligente, nunca a tratara com respeito. A não ser quando queria alguma coisa.

Nessa hora, chegou Caio, o amigo de Rodrigo que D. Antonia detestava. Assim que ele entrou no quarto, D. Antonia saiu. Ela sabia que Caio era o encarregado de vender os softwares que Rodrigo inventava. E que o dinheiro dos novos confortos naquela casa se devia a um programa de espionar funcionários que o rapaz havia vendido para uma corporação chamada os "Três Grandes". D. Antonia, apesar de não saber ensinar gentileza ao filho, era uma pessoa gentil. Espionar funcionários pelo celular lhe parecia uma coisa desonesta.

— Consegui vender para investidores estrangeiros o nosso software de controle das pragas que atacam a produção de soja. Em poucos anos, em todo o território onde houver plantação de soja, o produto será dominante.

D. Antonia, que escutava a conversa, ainda varrendo, não se conteve:

— E as outras plantações? E as árvores nativas?

— Serão destruídas em função da mais rentável, claro — explicou Caio, feliz.

— Não conversa com minha mãe, não, Caio — zombou Rodrigo. — Ela vive defendendo os perdedores, pobres, fracos em geral.

QUERO SER ENTERRADO COMO GUARANI

Emília chegou à Missão de São Miguel às cinco da manhã do dia 5 de maio de 1745. Era a sétima missão jesuítica. Do alto, com seu patinete, Emília viu a imensidão de casas brancas e compridas, ao redor da praça. Ela descobriria que eram as habitações onde moravam as famílias guaranis. Campos cultivados rodeavam as casas. Ela desceu com o patinete até a Missão. Só que o aldeamento não era do tamanho que Emília esperava.

A missão começava a acordar para o primeiro encontro religioso do dia. Da Casa de Viúvas e Órfãos, o cotiguaçu, saíam mulheres e crianças. As famílias que moravam ao redor da escola, do hospital e da prisão se dirigiam para o lugar da missa.

Emília estava decidindo o que fazer, como se apresentar naquele lugar diferente de tudo o que já vira, encostada atrás de um muro baixo de uma das edificações coletivas.

Um indiozinho que provavelmente se atrasara passou andando rápido perto dela.

— Psiu, psiu — chamou-o Emília.

O menino se voltou para Emília e examinou suas roupas de índia, o patinete Pirlimpimpim colorido e inesperado, a pele diferente da sua e mais parecida com a dos jesuítas espanhóis que ele conhecia.

— Quem é você? — perguntou o menino.

Não estava espantado, pois os guaranis viam espíritos de gente e de animais, vivos ou mortos, conversavam com eles. Precisava ser algo mais do que Emília para lhe meter medo ou mesmo impressionar.

— Meu nome é Emília e o seu?

— Itaete — respondeu o menino. — Preciso ir, estou atrasado para a missa. Dormi debaixo da cama e meus pais não me viram ao sair.

— Você pode me dizer qual padre daqui se espantaria menos comigo?

O menino considerou com seriedade a pergunta, apesar da pressa.

— Acho que os padres daqui não se espantam com o que veem — disse Itaete. — Mas o padre Félix é o que ri mais. Ele vai achar você engraçada.

Dito isso, o menino saiu correndo, quando o coro já começava a cantar a abertura da missa em latim.

Emília resolveu se familiarizar com o ambiente enquanto esperava que terminasse a cerimônia. Ela estava impressionada com o coral guarani, que cantava do alto do mezanino da Igreja do Vento, uma réplica da igreja de Gesù em Roma.

Foi primeiro ao hospital, uma construção de um andar só, como todas as da missão. Só estavam ali os doentes, os que cuidavam deles talvez estivessem na missa.

Um índio velho deitado numa das camas a recebeu com um sorriso largo no qual faltavam alguns dentes:

— Chegou meu momento! Obrigado por ter vindo me levar para a Terra Sem Males! — exclamou o velhinho em guarani.

— Sinto desapontá-lo, mas eu não sou a Morte — disse Emília, dando um tapinha carinhoso na mão do velhinho. — Não vim buscá-lo.

— Ah, que pena! — retrucou o velho índio, sem parecer triste de verdade. — Estou achando a vida nesta cama muito sem graça. Esperava que a menina me ajudasse a voltar para minha casa para ser enterrado de acordo com os meus costumes.

— Eu sei o que é isso — disse Emília, sentando-se numa cadeira com entalhes bonitos, de pássaros e árvores, que estava do lado da cama do velhinho. — Passei muitos e muitos anos trancada dentro de livros, só ouvindo o pensamento das crianças que liam as aventuras do Sítio do Picapau Amarelo... — Ela parou, sentindo-se mal-educada por falar sobre coisas que talvez ele não conhecesse. — Desculpe, mas o senhor sabe o que é um livro?

— Claro que sei o que é um livro — disse o velho guarani, quase ofendido. — Existe uma biblioteca cheia de livros aqui na missão. E todos os índios jovens sabem ler. Em espanhol e em latim. Eu não quis aprender, achei que estava velho demais. Só não sei o que é Sítio do Picapau Amarelo. É outra missão com índios e padres?

— Não. É o lugar onde eu nasci. Com crianças, velhas, um rinoceronte, um sabugo de milho que é cientista e um pó mágico, o Pirlimpimpim, com o qual viajávamos para outros mundos...

— Ah, nós, os guaranis, também viajamos por muitos mundos. Com o nosso pensamento. — O velho índio não pareceu espantado com a explicação da menina.

— Eu viajo com este Pirlimpimpim — contou Emília mostrando o patinete.

Ela estava desapontada com a pouca curiosidade do índio em relação às suas novidades.

Que diferença da curiosidade e do susto das pessoas encontradas na Corte de D. Pedro, no Brasil de 1821, no início de sua aventura em busca dos jovens cientistas perdidos na Fenda do Tempo. Quis demonstrar para ele o tipo de viagem que fazia.

Emília subiu no patinete, programou-o para a distância de um quilômetro dali, mesmo dia e horário e sumiu.

Cinco minutos depois voltou apavorada.

— Uma cobra horrível!

— Tem certeza de que era cobra? — Sorriu o índio quando ela voltou, sem parecer se importar com o sumiço dela.

— O que mais poderia ser? — perguntou Emília.

— Não sei. O Mundo Guarani tem tantas criaturas!

Com essas palavras o velho índio fechou os olhos como se dormisse. Isso sem explicar que história era aquela de voltar para casa para ser enterrado de acordo com os costumes guaranis.

Emília resolveu mostrar para Kido o que existia por ali enquanto esperava o final da missa. Quando o rosto de Kido apareceu no holograma estava cheio de sono.

— Emília, você sabe que horas são? — perguntou Kido.

— Talvez umas seis da manhã. O pessoal daqui ainda está na missa.

— Eu fiquei até as três da manhã conversando na internet com um pessoal na China que está testando um software desenvolvido por dois jovens brasileiros...

Sempre que o assunto de Kido eram novidades tecnológicas avançadíssimas, era Emília que se sentia um pouco sonolenta. Ele gostava tanto do futuro quanto ela do passado.

— Sei, mas...

— Não tem mas, Emília. Esse software que eles estão testando, do Rodrigo e do Caio, é de controle das pragas que podem afetar as plantações de soja, é genial.

— Tudo bem, mas quero ouvir sua opinião sobre como conversar com o padre daqui sobre a menina que precisamos levar. E se ele achar que sou uma bruxa?

— Ué, apela para o segredo de confissão. Li em algum lugar que eles não podem contar o que é dito no confessionário.

Dito isso, Kido encerrou a transmissão, deixando Emília sem contato.

A CONFISSÃO DE EMÍLIA

Emília estava olhando os desenhos sobre doenças e remédios que existiam no hospital e os frascos de preparados a partir de plantas quando padre Félix chegou, avisado por Itaete.

Padre Félix era o primeiro jesuíta com quem Emília conversava. Ela não via outra forma de conseguir levar a menina a não ser contando ao padre a verdade. A questão era: "quanto" da verdade contaria?

— Muito bem — disse o padre. — Quem é você? De onde vem e o que está fazendo aqui?

— Eu sou Emília, padre. Fui criada por um escritor brasileiro no século XX e atualmente vivo no século XXI.

Padre Félix fez expressão de "conta outra" já demonstrada por tantos gregos, heróis e monstros antes dele, mas ficou esperando pelo restante da resposta. Aí ocorreu a Emília que ele poderia também considerá-la uma espiã portuguesa.

Emília o examinou em silêncio. E se aquele padre estivesse tão imbuído da necessidade de preservar seu mundo que a aprisionasse ali? Ela fez a sua cara de boneca inofensiva, mas logo percebeu que não adiantaria muito.

— Padre, eu tenho segredos para lhe contar, tenho uma missão a cumprir, mas gostaria de lhe mostrar uma coisa antes. Se o senhor me prometer tratar o que vou dizer como um segredo de confissão.

— Menina, você não pode tratar um sacramento como barganha — retrucou padre Félix, severo.

Emília sacou seu celular e ajustou os óculos de realidade virtual, passando-os para o padre. Na parede interna do hospital apareceram as imagens da igreja de Gesù, em Roma, e um grupo de turistas japoneses a visitando extasiados.

Foi nítida a comoção de padre Félix em rever a igreja, a primeira construção jesuítica onde estava a capela de Santo Inácio de Loyola.

— Quem são essas pessoas? — perguntou o padre.

— São turistas, viajantes, visitantes que foram conhecer a maravilha que sua ordem construiu. Aliás, a Catedral do Vento, daqui, tem mais naves do que a italiana, não é? Parabéns pelo trabalho maravilhoso que vocês vêm fazendo, padre.

Padre Félix se sentiu como se estivesse sendo enredado por aquela menina estranha. As imagens na parede eram extraordinárias. Seria possível que a igreja de Gesù alcançasse tal fama no futuro? Dali a duzentos, trezentos anos? Se a menina estivesse certa, todo o trabalho dos jesuítas teria valido a pena, pensou padre Félix.

— Vamos passear pelas construções — resolveu o padre. — Ainda não estou convencido de que você vem do futuro, mas é jovem demais para ser espiã dos bandeirantes paulistas ou dos portugueses da Colônia de Sacramento.

Emília sentiu que havia marcado um gol. Por algum tempo pelo menos.

— As casas são divididas em bairros — explicou padre Félix. — Cada bairro tem um santo padroeiro.

— Quantas famílias moram em cada casa? — perguntou Emília.

— Três ou quatro famílias. Pais, filhos, avós, às vezes tios.

Eles entraram na Catedral do Vento.

— As esculturas, o mobiliário e o órgão de madeira foram feitos pelos guaranis. Eles aprendem rápido — contou padre Félix e continuou: — Existem outras diferenças entre a nossa catedral e a igreja de Gesù. A nossa torre tem um relógio, seis sinos e quatro gárgulas que são cabeças de animais. Uma das cabeças representa as jaguatiricas. Outra, a cobra gigante que faz parte da cosmogonia guarani.

— O índio que está aqui no hospital me falou das cobras. Quem é ele? — perguntou Emília.

— Um velho pajé que ficou muito doente. A família o trouxe com a esperança de que nós possamos curá-lo.

— Não seria melhor deixá-lo morrer em casa?

— Talvez. — Padre Félix sorriu. — Ele não está gostando nada de ficar aqui. A família é cristã e quer que o avô seja enterrado no cemitério da missão quando morrer. Ele, é claro, gostaria de seguir o ritual guarani de ser enterrado em posição fetal dentro de um grande vaso de argila.

— Eles são obrigados a se converter? — perguntou Emília. Ela, como Monteiro Lobato, não gostava que as pessoas fossem obrigadas a acreditar na fé dos outros.

— Obrigados propriamente não. Mas, quando nós, jesuítas, encontramos uma aldeia na mata, convidamos os índios a virem para cá. Garantimos alimentação e proteção porque a lei espanhola diz que os índios que vivem nas missões não cairão nas mãos dos fazendeiros espanhóis.

— Para não serem escravizados, eles têm que se tornar cristãos? — questionou Emília.

— Isso. Como cristãos, eles se tornam cidadãos espanhóis, pagam tributos, são protegidos. Eles aceitam porque os guaranis são muito apegados à família.

Emília ficou quieta, digerindo as informações, tentando controlar seu ímpeto de contestar cada incoerência que encontrava no discurso dos outros. Se o padre Félix fosse Hércules, ela não deixaria passar.

Eles foram para o lado de fora da igreja. Emília fotografou com o celular a torre com um relógio, o campanário com seis sinos grandes e pequenos, um galo de estanho dourado e uma cruz raiada de ferro. Além das gárgulas de carrancas de animais.

— Ela foi projetada por Giovanni Battista Primoli, não foi? — perguntou Emília para mostrar que sabia, pelo menos um pouco, daquela obra de arte.

Padre Félix sorriu, devidamente impressionado.

— Foi. Ele é um arquiteto italiano jesuíta que preparou mais de mil índios para a construção. Trabalhavam cem operários por dia, fora os outros que iam buscar as pedras, a 18 quilômetros daqui.

— E como as pedras foram encaixadas?

— Com argamassa de tabatinga e caracol.

— E o que é tabatinga? — perguntou Emília.

— É um barro branco. O segredo está no encaixe das pedras que são sustentadas.

— Por isso ela é toda branca. — Emília admirou a construção. — Tabatinga e caracol... caracol, lesma?

— Isso. Lesma moída. — O padre estava se divertindo com o jeito de falar de Emília. — Aqui fica o cotiguaçu, onde vivem as viúvas, as órfãs... — Mostrou orgulhoso padre Félix. — Vamos entrar.

— As mulheres sem marido. Sei tudo a respeito. Aprendi com uma índia no cotiguaçu de São Nicolau. Aprendi também que vocês só aceitam, na escola, os meninos — disse Emília num tom acusatório.

O padre não respondeu. Sorriu para uma índia um pouco mais velha que cuidava das crianças pequenas. A índia deu um sorriso tímido para eles. Emília olhou ao redor, não viu nenhuma recém-nascida. Nem sinal de berço.

— Os bebês não ficam aqui? — perguntou Emília.

— Não — respondeu o padre. — É raro um bebê guarani órfão. Eles são muito ligados à família, quando a mãe morre no parto, a criança é criada pelos parentes.

— E essas daqui?

— São crianças cujos pais morreram vindo de outra missão, foram vitimados por doença no caminho. Ou... — Padre Félix hesitou. — Ou crianças que nasceram com algum problema físico. Quantos órfãos nessas condições temos aqui, Maria de Jesus?

— Cinco, padre — respondeu a mulher, tímida, olhando para baixo. — A mais velha recebeu o nome da sua mãe, padre.

— É verdade. A Carmencita. Fiquei tão comovido com a homenagem. Onde está ela?

A mulher se abaixou e com suavidade trouxe uma menina pequena e franzina que estava escondida debaixo de uma cômoda. A menina veio segurando a mão dela. Mancava. Padre Félix a pegou no colo.

— Eu me lembro de você, queridinha. Eu a batizei. Nós nem acreditávamos que você sobreviveria e aqui está. Forte. Magra, mas forte.

Ele a colocou no chão de novo e foi levando Emília para o lado de fora. A ex-boneca parou e perguntou diretamente para a mulher:

— O nome dela é só Carmen?

— Não. É Maria do Carmo — respondeu Maria de Jesus. — Mas a mãe, antes de morrer... — Ela hesitou, olhando para o padre.

— Pode dizer. — Padre Félix explicou para Emília: — Os guaranis acreditam que as almas dos filhos se comunicam com os pais dizendo qual é o seu nome, antes de nascer.

— Ela disse que o nome guarani da menina era Jaci — completou Maria de Jesus, mais encabulada ainda.

Emília ficou do lado de fora, olhando as laranjeiras à esquerda da igreja quando o padre chegou perto dela.

— As famílias não aceitam as crianças que nascem com problemas, padre? Foi por isso que o pai não ficou com a criança?

— O marido já havia morrido por causa de um castigo de vinte chibatadas.

Emília se virou para ele espantada.

— Ele merecia as chibatadas — disse padre Félix. — Ele havia espancado a mulher, grávida. Porque ela se recusou a aceitar que ele praticasse a poligamia. Foi uma decisão do conselho dos índios. Como todos os castigos para os crimes. São poucos, mas esse foi especialmente grave.

— Vocês castigam os índios com chibatadas? — Emília não conseguia aceitar aquilo.

— O cabildo é que castiga.

— Mas, padre, o senhor participa do cabildo, não participa? Por que deixou esse homem ser chibatado?

— Não se deve julgar tão rápido os castigos dos que são diferentes de nós — disse padre Félix, fechando a expressão. — Para oito mil pessoas viverem bem e em paz aqui é preciso que existam regras. O cabildo define as regras e administra o castigo dos que desobedecem. Ele não podia ter batido na mulher.

— Mesmo regras como índios castigando índios? — perguntou Emília, para quem seguir regras sem discutir não era tarefa fácil.

— Castigar índio que bate em mulher é mais fácil para eles do que tudo o que enfrentaram até aqui. Duzentos mil guaranis foram aprisionados pelos bandeirantes paulistas no primeiro ciclo das missões. Foram separados de suas famílias, mortos no caminho de fome e de cansaço.

— Como os escravos trazidos da África.

— Como os escravos trazidos da África — concordou o padre. — Então, eles aceitam regras que os mantêm juntos, prósperos e seguros.

Emília voltou para o seu celular. Será que estivera procurando na data errada? Será que a menina não nascera em 1745? Ou aquela era uma manobra de Monteiro Lobato para que ela aprendesse alguma coisa sobre os índios, como aprendeu sobre a influência da escravidão no racismo? Não importava agora. O que ela precisava era convencer o padre da necessidade de levar a menina. Era melhor preparar o terreno.

— O senhor acha mesmo necessário deixar as meninas sem estudo?

— Elas aprendem ofícios! — reagiu padre Félix. — As meninas aprendem a tecer, a preparar tintas...

— Pois saiba o senhor que daqui a menos de duzentos anos, meninas estudarão junto com meninos, homens e mulheres estudarão juntos nos colégios e universidades jesuíticas.

— Não duvido das mudanças — disse o jesuíta com um sorriso descrente. — O que mais nos espera?

— Daqui a cinco anos, Portugal e Espanha farão um acordo e o território dos Sete Povos das Missões será entregue aos portugueses — revelou Emília, cautelosa.

— Qual! — duvidou padre Félix. — O rei não fará isso.

— Fará. Em troca da Colônia de Sacramento. Em 1750.

O padre olhou severo para Emília. Ela teve um pouquinho de medo. Pouco, mas agora ela não era mais uma boneca. Era uma menina, sentia fome, sentia dor como qualquer ser humano. E se aquele padre confundisse a portadora com as más notícias? Afinal, a Companhia de Jesus participara da Inquisição Espanhola. Além disso, existia uma prisão na Missão de São Miguel. E índios condenados pelo cabildo eram vergastados na Praça Central. Nem tudo eram flores, e Emília se perguntou se sua maneira transparente de agir não iria, dessa vez, lhe causar problemas.

Padre Félix desarmou a carranca. E sorriu. Um sorriso com uma pontinha de superioridade.

— Qual é mesmo a sua missão aqui?

— É localizar uma menina órfã chamada Maria do Carmo. Agora que vi como vocês educam as meninas, acho que preciso convencê-lo também... — Ela hesitou. — A deixar que essa menina aprenda a ler e a escrever.

— Para quê?

— Para que possa viajar no tempo comigo quando tiver crescido o suficiente. Daqui uns dez anos.

O padre não disse que sim, nem que não, mas Emília sentiu que tinha feito o possível para convencê-lo. Esperava que sim.

— Eu vou me despedir do velho guarani no hospital.

— Vá mesmo, encontro você lá.

Padre Félix ficou olhando Emília se afastar. "Menina estranha. O rei faria isso conosco?", pensou. Não sabia. Mas Emília havia plantado uma dúvida no seu espírito.

Emília entrou no dispensário para se despedir do velho índio. Ele dormia, ou assim ela pensou, mas disse quando a menina lhe deu as costas para ir embora:

— Você fez bem em não contar para o padre que a missão será destruída. As pessoas precisam de esperança para seguir a vida.

Emília se virou, mas o velhinho estava com os olhos fechados. “Será que me enganei?”, pensou. E virou para ir embora, de novo.

— E você está sendo seguida desde o momento em que falou com o velho bigodudo.

Agora ela se assustou.

— Seguida por quem? — perguntou Emília, prestes a acordar o velho.

— Por dois brancos que mexem com o tempo. No seu mundo.

O velho era velhíssimo, talvez não falasse coisa com coisa, esse era o pensamento de Emília, que deixou de ser racista, mas continuava desrespeitosa com os mais velhos. Ela ainda pensava assim enquanto recebia presentes na porta do hospital da Missão de São Miguel. Uma tigela de madeira lindamente talhada com cobras e pássaros. Um apanhador de sonhos, um mensageiro dos ventos. Uma faixa bordada para seu traje indígena. Queriam que ela levasse milho cozido e ela custou a convencê-los de que não era uma boa ideia levar comida na viagem. Uma taquapi, cuia para tomar chimarrão, com mate e água quente. Com muito custo, conseguiu que esvaziassem a cuia, mas teria que brigar para não aceitar o presente.

Ela levou bem uma hora para conseguir se despedir das crianças e da índia Kauane, designada no cotiguaçu para cuidar da pequena Carmen, ou Jaci.

Emília hesitou antes de programar o patinete: iria direto para a Biblioteca Pública contar o que tinha vivido para Monteiro Lobato? Acabou decidindo voltar para a casa de Kido. Vai que o velho índio estava certo?

24 HORAS SEM HACKERS

Na casa de Kido, Emília foi recebida com alegria. Aproveitou para distribuir os presentes. Primeiro os pais de Kido: a cuia de erva-mate para Luís Felipe, a tigela para Adriana. Depois, quando Marina, a irmã de Kido, se aproximou, Emília tirou do guidão do patinete o apanhador de sonhos e o mensageiro dos ventos.

— Esse é para seu bebê, para o berço dele — confidenciou Emília para Marina.

— Puxa, como você é gentil! — disse Marina, encantada. — Como adivinhou que estou grávida?

Emília ficou sem resposta. Não tinha adivinhado.

— É a convivência com os índios — disse Kido. — Vamos lá, Emília, vou lhe mostrar a maquete que fiz. Baseada nas suas informações de áudio.

Eles levaram meia hora conferindo a maquete.

— Aqui ficavam os campos coletivos — disse Emília, transferindo as miniaturas de gado colocadas por Kido no lugar errado. — Sabia que os índios não entendiam a lógica de plantações individuais?

— Mas você me disse que eles tinham os dois tipos! — protestou Kido.

— Disse. Mas a porção individual não funcionava bem. O guarani ia do campo dele para o campo do outro, ajudando os vizinhos, nos dias reservados para os trabalhos nas terras da família.

— Mas isso era bem legal! — disse Kido. — Não era?

— Era! — Emília continuou mexendo na maquete. — Vi muito gado lá. Milhares e milhares de vacas e bois. Aqui ficava o cemitério. Um lugar lindo. Kido, a cidade guarani da Missão de São Miguel é mais organizada do que muita cidade brasileira de hoje. As esculturas dos santos, Kido, eles esculpem os pedaços em madeira, sem destruir as árvores, veja bem, sem destruir as árvores. As crianças cantam em guarani, latim e espanhol!

— Você voltou apaixonada pelos guaranis, Emília.

— A escola, Kido, vinte alunos por sala! Os meninos aprendem a ler e a escrever em três línguas! Guarani, espanhol e latim!

— Só os meninos? Sabia que essas missões tinham algum defeito — resmungou Kido.

— Eu também achei isso. Falei para o padre Félix. Outra coisa que achei muito ruim foi que as crianças das famílias corriam para contar para os padres quando os índios velhos fugiam do hospital para serem enterrados de acordo com os rituais indígenas!

— Mas isso é o princípio da confissão, Emília! Você mesma se beneficiou dele — disse Kido, sorrindo.

— No meu caso foi diferente — reagiu Emília. — Eu tinha razão.

— A gente sempre acha que nosso caso é diferente por causa de nossas razões — ponderou Kido, repetindo, sem perceber, uma frase que a mãe sempre lhe dizia.

E continuou:

— Você também reclamou para o padre das crianças contarem os segredos dos velhos das famílias?

— Kido, você leu tanto os livros de Monteiro Lobato e não sabe que eu digo o que penso para quem quer que seja? Ah, quase ia esquecendo. Conheci um velho índio. Ele disse que eu estava sendo seguida!

Kido escutou descrente.

— Seguida como? Por quem? Por um gavião harpia?

— Não. Ele disse que por dois homens do meu mundo.

— Só se for pelo GPS. Mas duvido.

Emília o encarou, firme. Com as mãos na cintura como fazia com Pedrinho ou com o Visconde quando eles não queriam fazer a vontade dela.

Como ela previa, Kido pegou o kit de ferramentas e desmontou o GPS.

— Não acredito que isto esteja com defeito de novo. Eu consertei tão bem. Aparentemente, o GPS não tem nada. Vou olhar com a lupa. Passa essa aí para mim.

Emília pegou uma lupa que estava na mesa e empurrou para ele.

— Está hackeado mesmo. — Kido recuou, espantado. — Veja aqui o que acontece se eu desconectar esse fragmento do chip. — Fica escuro. Agora observe de novo. — Kido tornou a conectar o chip.

— Ficou verde — disse Emília. — Dá para saber quem fez isso?

Kido não respondeu. Continuou mexendo no aparelho.

— Pronto. Consegui bloquear o invasor.

— Para sempre? — perguntou Emília.

— Não. Consigo bloquear por umas horas. Talvez 24 horas. — Kido olhou para ela preocupado. — Como eles fizeram isso?

— Ele disse que no lugar onde eu falei com o velho bigodudo.

— Quem fez isso teve acesso à Biblioteca Pública de onde você acessou o mundo de Monteiro Lobato? — duvidou Kido.

— Os guaranis acreditam que existe uma Terra sem Males. Deve ser o lugar para onde Monteiro Lobato foi.

— Então você não pode mais procurar Monteiro Lobato — disse Kido.

— Então você acredita no velho guarani — comemorou Emília, triunfante.

— Não — disse Kido. — Eu sou um cientista! — Ao ver Emília fazer seu arzinho autossuficiente, ele se corrigiu: — Aprendiz, mas cientista. — A história da ciência ensina que os escritores fantasiaram coisas que a ciência ainda não tinha desvendado, mas, um dia, seriam comprovadas.

— O que a gente vai fazer então? — perguntou Emília, aflita.

Os dois ficaram observando a maquete, pensando, tristes por saberem que aquilo tudo seria destruído em breve. Adriana, que entrava com uma bandeja com bolo e suco, ficou olhando a seriedade deles. Kido disse para Emília:

— Eu vou com você.

— Os dois vão aonde, Francisco? — perguntou Adriana na melhor voz de mãe tentando impedir uma atividade que ela desconhecia.

— Quero acompanhar Emília até as missões, mamãe. De hoje para amanhã só. Praticamente um passeio. Você podia colocar um pouco desse bolo numa sacola para a gente mostrar para os índios do século XVIII o que a melhor cozinheira de 2035 é capaz de fazer.

Adriana olhou desconfiada para os dois, mas, satisfeita com o elogio do filho, saiu para arrumar um farnel para a viagem no tempo. Uma viagem em que Kido levava de presente fatias de bolo provavelmente não seria perigosa.

— Vamos lá e em 24 horas salvamos a indiazinha — cochichou Kido. — Enquanto isso...

Emília e Kido se precipitaram para o supercomputador que ele tinha e passaram um bom tempo vasculhando o noticiário em busca de quem poderia ter hackeado o GPS do Pirlimpimpim.

— Se é um criminoso tão especializado, deve ter algum registro na Web. — Emília gostava muito de histórias de mistérios, crimes, pessoas repetindo sempre a mesma burrice.

— A menos que ele não seja considerado um criminoso — contrapôs Kido. — Ele pode não ser oficialmente um hacker. Apenas alguém com a capacidade de ser hacker.

— Um criador de programas!

— Quem é criador de programas? — perguntou Adriana, que voltava com uma sacola. Ela mesma respondeu: — Você, claro, Kido. Esqueci o seu hobby. Escolhi uma sacola biodegradável. Para vocês mostrarem que nós finalmente estamos cuidando da natureza.

— É, depois de... — Kido ia citar as centenas de milhares de guaranis mortos desde que o Brasil começou a ser colonizado, mas um olhar de advertência de Emília o calou. — É, depois que eles provarem seu bolo, vamos mostrar as coisas boas do nosso tempo. Estamos indo, Emília?

— Estamos. D. Adriana, parabéns pela família maravilhosa. E pelo bolo. Bom como os de Tia Nastácia.

— Puxa, me sinto honrada de ser comparada com ela, Emília — disse Adriana, satisfeita. — Vocês vão no mesmo patinete?

— Não. Eu ajustei o meu para viajar no tempo — disse Kido. — Meu pai viu.

Com esse comentário que não era cem por cento verdadeiro — porque Luís Felipe não sabia ainda que o ajuste tinha dado certo —, Kido e Emília deram um beijo em Adriana e se precipitaram escadas abaixo. Não antes de Adriana perceber o dispositivo auricular deixado propositalmente por Kido na mesa de trabalho.

— Francisco! Você deixou seu "ouvidomamãeepapai" aqui. — Ela chamou pela janela e viu Kido revirar os olhos, ao ser pego em flagrante. — Vou jogar e você trate de colocá-lo. Quero ver.

Mais uma revirada de olhos e um resmungo, enquanto Kido se submetia à ordem materna e colocava o ouvido extra na orelha. Como se fosse um brinco.

Da janela, Adriana ficou olhando os dois subirem nos patinetes e sumirem. Já estavam em outra época.

— Esse meu filho é mesmo muito inteligente! — disse Adriana, falando para si mesma. — A cada dia ele cria uma coisa tecnológica mais útil e mais avançada.

VOCÊ TEM QUE FAZER O QUE EU MANDO!

Rodrigo estava deitado no seu quarto, dormindo com a porta aberta e uma lâmpada verde acima dela. Ele tinha medo de escuro desde pequeno e, apesar de reclamar do excesso de cuidados da sua mãe, a porta aberta era uma garantia de que ela ouviria se ele gritasse por causa de um pesadelo. A lâmpada tinha uma segunda função. Identificar os movimentos de Emília nas suas andanças. O malware que ele havia instalado, à distância, no GPS do patinete Pirlimpimpim estava conectado à lâmpada. Cada vez que a luz verde piscava marcava um deslocamento de Emília. A lâmpada estava conectada também ao satélite que fornecia rede e dados para a Biblioteca Pública. Era lá onde ficava o telão através do qual Emília podia acessar o que ele supunha ser as memórias de Monteiro Lobato. Ele não sabia de onde saía Monteiro Lobato porque o programa de espionagem que havia desenvolvido não tinha captação de áudio. O que Emília havia conversado com Monteiro Lobato? Ele não sabia. Onde estava Monteiro Lobato? Também não. O que importava a Rodrigo era monitorar a fonte de informações de Emília. Porque toda vez que a danada da menina se deslocava alguma coisa se complicava em 2035.

Antes de Emília aparecer, ele e Caio chegavam ricos e poderosos ao ano de 2047 e um jovem cientista negro, o único cientista negro no Brasil, se sentia agradecido pela chance de trabalhar para eles. Dois amigos dele, brilhantes, uma de origem pobre, o outro semita, se sentiam igualmente agradecidos. Um dia uma menina chamada Emília apareceu espionando o prédio da Corporação, depois sumiu e quando apareceu de novo tudo havia mudado. O futuro cientista negro era filho de uma família próspera e estava em contato com uma rede enorme de aprendizes de cientistas como ele. Pior, era um aliado, em 2035, daquela menina incontrolável.

Emília conseguiu dar conta de suas atividades para Monteiro Lobato, e Rodrigo precisou trabalhar dobrado para aperfeiçoar o software e hackear o patinete da menina. Ainda sem som, mas pelo menos eles assistiram ao filme mudo de suas andanças. O que ela estava fazendo no Rio Grande do Sul do século XVIII?

Rodrigo estava enrolando, havia dias, a tarefa de desenvolver mais uma funcionalidade do dispositivo espião: colocar um chip de controle de áudio no patinete de Emília. Aí eles poderiam acompanhar o que ela fazia, com quem falava, se antecipar às suas ações. Para evitar que mudasse mais alguma coisa na história.

Rodrigo estava sem paciência para aquela menina, por isso havia deixado de lado o projeto do chip e se concentrado em aperfeiçoar a inteligência artificial aplicada às plantações de soja. Aquilo sim daria dinheiro para eles fazerem parte da Corporação, que estava se formando e que, um dia, dominaria tudo no Brasil.

Cansado, dormiu sobre a mesa do computador, por isso não viu quando a lâmpada verde se apagou e junto com ela foi fechada a janela no computador por onde, dia e noite, ele acompanhava as atividades de Emília no Sul do país.

Ele não tinha visto Emília chegar na casa de Kido, nem viu a hora em que a luz se apagou. No entanto, Caio recebeu o informe da desconexão de Emília. Ele havia obrigado Rodrigo a instalar réplicas do sistema de monitoramento no luxuoso relógio que vivia em seu pulso e no chip que trazia perto do olho direito lhe informando tudo o que lhe interessava em tempo real. Algumas vezes por dia ele checava o que acontecia. Quando o sistema pifou, Caio acordou imediatamente. Em minutos, seu carro autônomo (ele nunca tinha aprendido a dirigir) o levou até a casa de Rodrigo. Caio encontrou o amigo babando e roncando na mesa de trabalho.

D. Antonia não ouviu o filho reagindo à tentativa de Caio de estrangulá-lo. Nem ouviu as acusações de Caio:

— Seu idiota! Você perdeu de vista a garota! Cadê o áudio que você me prometeu há dias? Eu tenho que ser sua babá o tempo todo?

Cansado de apertar o pescoço do amigo, que era o dobro do seu tamanho, Caio caiu para o lado, deixando Rodrigo em paz. Aí Rodrigo começou a gritar. Foi inútil

Caio tapar sua boca com a mão, D. Antonia já tinha ouvido e entrou correndo no quarto:

— O que foi, meu filhinho?

— Não foi nada, D. Antonia. Nada. Rodrigo dormiu no computador, teve um pesadelo, eu estava acordando o seu filho — disse Caio, fazendo, pelas costas de D. Antonia, o sinal de degola para Rodrigo.

— Brincadeira mais sem graça, Caio, olha a marca dos seus dedos no pescoço do meu filho — reclamou D. Antonia. E tomando coragem disse: — Você não tem casa, não? Por que não vai dormir na sua casa?

— A senhora sempre com boas ideias, D. Antonia — disse Caio com um sorriso doce. — Já vi de onde foi que o Rodrigo tirou a inteligência. — Ele saiu do quarto, olhando ameaçadoramente para Rodrigo e sorrindo de novo quando D. Antonia se virou para ele.

— Vamos, filhinho, vou ajudar você a ir para cama.

Rodrigo deixou que sua mãe o ajudasse a se levantar, mas sentou de novo na frente do computador.

— Não quero ir para a cama, tenho que trabalhar. Quando eu precisei de você, onde estava? — acusou, mal-humorado. — Não posso contar com você mesmo.

D. Antonia saiu do quarto do filho muito magoada, o que não adiantava nada porque ele não estava prestando atenção.

— Desligaram o meu software espião há pelo menos quatro horas — murmurou Rodrigo, vasculhando o programa. — Não é possível que essa peste de menina tenha achado um cara melhor do que eu! Ai, que ódio!

Caio, de dentro do seu carro, ouviu o resmungo do amigo e sócio.

— Por onde ela andou nos últimos tempos?

— Nuns acampamentos de índios guaranis no Rio Grande do Sul — disse Rodrigo, satisfeito que a raiva de Caio contra ele tivesse passado.

Detestava quando o amigo ficava de mal com ele.

— Aí não tem problema. Os índios hoje são pobres demais para nos atrapalhar — disse Caio. — Vi em algum lugar que há vinte anos só existiam 250 guaranis no Rio Grande do Sul.

— Caio — disse Rodrigo, preocupado. — Ela não estava com índios guaranis hoje, em 2035. Ela foi a um lugar com florestas, gaviões, padres, casas, gado. Parece outro Brasil. As imagens são de outro Brasil.

— E daí? — perguntou Caio, despreocupado. — É um Brasil que não existe mais, porque esses índios não existem mais. Eles, as florestas, as casas. Você tem como se reconectar com essa menina?

— Vou tentar achar algum dispositivo próximo.

— Dá para você deixar o equipamento ligado rastreando enquanto cuida de outra coisa? Os Três Grandes gostaram muito de saber que estamos desenvolvendo um programa capaz de identificar crianças criativas ou divergentes. Você precisa terminá-lo. Fiquei de apresentá-lo depois de amanhã, à tarde.

— Nosso radar que pode mapear o que as crianças pensam, falam e preferem a partir dos sete anos? E controlar ao que elas terão acesso através das redes? E influenciar o pensamento delas para sempre?

— Disse tudo. E eles ofereceram adivinha o quê?

— Quantos milhões? — perguntou Rodrigo, sôfrego.

— Dinheiro? Não. Eles ofereceram poder! Nós poderemos fazer parte da Corporação!

— Hum! — reagiu Rodrigo, absorto. — Deixa eu tentar rastrear essa menina e o amigo dela. Depois a gente conversa sobre poder ser melhor do que dinheiro. Não vejo a hora de me livrar da minha mãe.

— Você já tem dinheiro suficiente para morar fora da casa da sua mãe! — contestou Caio.

— Não para morar numa mansão, com mordomo, motorista, empregados — disse Rodrigo, com desprezo. — Só saio da casa da minha mãe para outra realmente melhor.

A GUERRA GUARANÍTICA

Emília e Kido haviam planejado descer em São Miguel das Missões em 1753, antes de os guaranis, sob a liderança de Sepé Tiaraju, se rebelarem contra o Tratado de Madri. Desceriam, pegariam Carmen e a levariam, em segurança, para um tempo adiante. Ela teria então 13 anos, não seria difícil se adaptar.

Kido havia trazido para a viagem uma pequena câmera para gravar imagens em tempo real dos lugares por onde Emília havia passado. “Para o meu museu”, pensava Emília. “Para registrar a História do Brasil”, pensava Kido. Os dois queriam registrar o passado de glórias dos guaranis.

— Vamos pegar só o “agora” de São Miguel? — perguntou Kido.

— Não. Vamos pegar… — Ela hesitou. — São Nicolau e São Miguel. Esses dois lugares vão nos dar a temperatura do ambiente em relação ao Tratado de Madri.

A “temperatura” no cabildo de São Nicolau estava “fervendo” com debates apaixonados. Primeiro, foram lidas as cartas do superior dos jesuítas ao rei da Espanha pedindo que o Tratado de Madri fosse revogado. As opiniões se dividiram. Alguns acreditavam que seria possível negociar com os novos administradores. Um cacique jovem defendeu que formassem um destacamento de guerreiros para seguir o exército que Sepé Tiaraju estava formando.

— Podemos ceder cinquenta homens. Cem no máximo. Os que estiverem dispostos ao sacrifício — disse um cacique que parecia estar no comando, talvez por ser o mais velho. — Os portugueses se juntaram aos espanhóis de Montevidéu. Sepé Tiaraju será derrotado com certeza.

A discussão recomeçou num alarido.

Emília já havia assistido a Hércules matar monstros mitológicos e humanos, mas, naquele momento, ela sentiu seu coração, que tinha fama de duro coração de boneca, se derreter. Três anos depois do Tratado de Madri, os índios guaranis ainda tinham esperança de negociar com os portugueses da Colônia de Sacramento. Ainda tinham fé no rei Fernando da Espanha.

— Vamos embora, Kido, buscar a menina em São Miguel.

— Só um instante: vamos ouvir o cacique que se propôs a acompanhar Sepé Tiaraju — pediu Kido, ligando de novo a pequena câmera.

— Vou então juntar os jovens que quiserem me seguir para nos encontrarmos com Sepé Tiaraju na estância em Bagé — disse o jovem.

— Por que Sepé Tiaraju está se dirigindo a Bagé? — perguntou o cacique que parecia discordar de Sepé Tiaraju.

— Ele vai barrar os demarcadores de terra que estão vindo da Colônia de Sacramento — respondeu outro cacique que até então estava calado.

— Barrar os demarcadores? — O cacique mais velho abriu um sorriso orgulhoso. — Esse Sepé Tiaraju é a audácia em pessoa!

Um homem muito velho que escutava quieto toda a conversa levantou a cabeça branca.

— E ainda não será dessa vez que ele irá para a Terra Sem Males! — afirmou com a voz fraca, mas firme.

— Não? — O cacique antes pessimista virou-se para o jovem, que já se levantava. — Então leve duzentos guerreiros. Não queremos que os demarcadores pensem que os guaranis de São Nicolau aceitarão ordens para sair daqui sem os bens, sem as colheitas, sem o gado. Apenas com a roupa do corpo.

Emília e Kido olharam um para o outro.

— Bagé? — sugeriu Kido.

— Agora — disse Emília.

Os dois saíram de São Nicolau o mais disfarçadamente que podiam, o que não impediu que o índio de cabeça toda branca olhasse para o céu na hora que passavam por cima do Cabildo.

— Crianças precisam aprender tanta coisa — disse com um sorriso.

— O senhor falou comigo? — perguntou um índio mais jovem que ia acompanhá-lo até a casa onde o índio velho morava com filhos, noras, genros, netos.

— Não. Estava observando objetos voadores.

O jovem índio olhou para o céu e viu apenas dois pontinhos na direção que Emília e Kido tomaram.

— São gaviões, não são objetos voadores — esclareceu o jovem.

— Algumas crianças precisam aprender a olhar para o céu, outras para o chão — respondeu o velho índio, sem esclarecer seu comentário.

Enquanto os dois índios chegavam as suas casas, Emília e Kido chegavam a Bagé. Do alto viram que os funcionários da Colônia de Sacramento e de Montevidéu — era, portanto, uma força binacional — precisavam atravessar uma ponte para chegar à estância.

A ponte era pequena, mas sob ela corria um rio caudaloso. Quando se preparavam para atravessá-la, viram, do outro lado, Sepé Tiaraju. Um demarcador atravessou para conversar com o líder indígena. Seus chefes estavam confiantes. Tantas vezes antes os guaranis tinham sido persuadidos pelos colonizadores... Seriam mais uma vez, acreditaram.

O batedor deparou-se, porém, com um destacamento de caciques, a cavalo, comandados por Sepé Tiaraju. Já preparados, à esquerda dos caciques, estavam guerreiros com os grandes arcos, os guaripás, cujas flechas que pareciam lanças eram atiradas com os pés. De longe, podiam ver as colunas de guerreiros vindos de São Nicolau. A conversa foi breve e áspera. O comandante Sepé Tiaraju leu o trecho final da carta que já havia sido enviada pelo cabildo de São Miguel ao governador de Buenos Aires. A carta era assinada por 23 caciques e todos os índios que administravam a missão: não entregariam escolas, igrejas, dispensários, casas de moradia. Não entregariam as plantações de algodão e erva-mate nem as estâncias de enormes dimensões.

Sepé Tiaraju ergueu a lança e gritou em guarani:

— Afastem-se ou terão guerra. Serão derrotados pelo exército guarani. Porque essa terra tem dono!

Ele repetiu, dessa vez com as outras vozes dos guerreiros que ali estavam e dos que chegavam para acompanhá-lo:

— Esta terra tem dono!

— O que eles estão gritando? — Kido não entendia guarani, precisou perguntar a Emília.

Ela traduziu e aproveitou para debochar:

— Desde a Grécia de Hércules eu uso o Faz de Conta para entender qualquer idioma, e você, com toda a sua tecnologia, não inventou ainda um sistema de tradução instantânea?

— Muito bem pensado — disse Kido, dando ordem à assistente de voz do seu patinete: — Me lembrar de procurar um programa para tradução instantânea de diálogos.

O grito "Esta terra tem dono" continuava a reverberar como uma onda, só restando ao porta-voz dos demarcadores recuar.

— E se a gente adiantasse nossa viagem em mais um ano? — perguntou Kido. — Para ver como estão as coisas em 1754? Ou 1755? A Maria do Carmo Guarani terá 15 anos, quase a minha idade, já que faço 16 em fevereiro.

— Pode ser — concordou Emília. — Aí saberemos quantos homens Sepé Tiaraju conseguiu trazer para o seu exército.

Emília e Kido foram se aproximando da Missão de São Miguel, mas logo viram que não era fácil aterrissar os patinetes numa região onde dois exércitos enormes tentavam destruir um pequeno exército indígena.

Quando Emília e Kido tentaram descer pela primeira vez, Sepé Tiaraju e um grupo de índios estavam tocaiados. Kido precisou segurar Emília porque ele percebeu primeiro que os índios acompanhavam o movimento dos soldados portugueses. Estes desciam um cerro, uma pequena colina onde estavam aquartelados para laçar o gado missioneiro que pastava solto por ali.

Quando os portugueses, contentes com a boiada que iriam levar, se preparavam para voltar, os índios atacaram. A descida era impossível, Kido sinalizou para Emília.

O cenário era trágico: o gado se dispersando, os gritos dos que caíam, o movimento dos que resistiam no corpo a corpo que se seguiu. Ainda mais porque outra onda de soldados portugueses avançou contra os guaranis, que eles supunham serem poucos.

Sepé Tiaraju havia previsto isso. A uma distância segura, outro grupo de guerreiros guaranis estava preparado com os arcos. Muitos soldados portugueses caíram enquanto os índios batiam em retirada, jogando tochas no caminho e causando pânico entre o gado, que avançou sobre os portugueses. Os índios sabiam que o gado, apavorado com o fogo, seria um auxílio para sua pequena tropa.

— Esse Sepé Tiaraju é um estrategista! — gabou-se Kido. — Venceu mais uma etapa!

— Kido, isso aqui não é vídeo game! — criticou Emília.

— Está certo — disse Kido, controlando seu entusiasmo com Sepé Tiaraju. — Vamos adiante.

Emília e Kido resolveram se adiantar no tempo, então. A luta parecia favorável aos índios. Quem sabe eles veriam o futuro do Brasil mudar mais uma vez?

A esperança deles na vitória guarani às vezes parecia ter fundamento. Sepé Tiaraju tinha talento para emboscadas, conhecia bem o terreno e lutava, assim como seus companheiros, pelo seu mundo.

A cada pequena corrida com os patinetes voadores, o Pirlimpimpim de Emília e o hipertecnológico de Kido, eles iam se adiantando no tempo.

O ano de 1754 foi um ano em que as tropas portuguesas do general Gomes Freire de Andrada ficaram praticamente paradas, porque, sempre que se moviam, perdiam para os índios.

Os portugueses se animaram quando, numa troca de comando entre as tropas espanholas, assumiu o governador de Buenos Aires, o general Adonaegui. Ficou combinado que os portugueses atacariam Santo Ângelo Custódio, e os espanhóis, São Borja. Completo o cerco, os guaranis estariam dominados.

Não seria tão fácil. Mas sem saber disso, agoniada, Emília defendeu o ponto de vista de que eles deveriam pular logo o inverno de 1754. Não queria ver os missioneiros cercados. Mas Kido não aceitou. Queria assistir à luta.

Eles viram então que os índios se colocavam à frente das tropas espanholas e iam queimando as plantações e espantando o gado.

A fome por falta de mantimentos e o frio fizeram Adonaegui recuar. Sem carne nem erva-mate, como seus soldados poderiam lutar?, o general ponderava.

— Ponto para os guaranis — disse Kido.

— O que você está fazendo? — perguntou Emília, que já estava roendo as unhas de nervoso.

— Estou marcando as etapas da batalha para minha assistente de voz. Para, um dia, fazer um jogo dessas batalhas.

— Hum! A próxima é a do rio Pardo — disse Emília.

— Eu sei. A disputa pelo forte de Jesus Maria José — disse Kido. — Já dei uma busca na rede.

— Kido, nós temos uma missão! — reclamou Emília.

— Sim, eu sei, só mais essa batalha e a de Caiboaté — insistiu Kido. — É a que vai decidir tudo.

Quando eles pararam os patinetes na confluência do rio Pardo com o Jacuí, o exército missioneiro já estava lá.

Os índios atacaram a fortaleza, mas as coisas não ocorreram como os guaranis esperavam. Eles não só foram derrotados como Sepé Tiaraju e mais quarenta índios foram feitos prisioneiros. Os outros recuaram, levando os cavalos dos soldados que haviam derrubado.

Emília e Kido se aproximaram com cuidado de um ponto acima da fortaleza Jesus, Maria, José para observarem o que acontecia no pátio.

O comandante português estava reunido com os comandantes guaranis aprisionados, inclusive Sepé Tiaraju, para convencê-los a desistir da guerra que não tinham a menor chance de vencer. O comandante, todo paramentado de sedas, veludos e botas, estava sentado numa poltrona que ficava em cima de um estrado, e os guaranis em pé, descalços em frente a ele.

— Tudo encenação para os guaranis se sentirem inferiores — cochichou Kido, revoltado.

— Os guaranis não ligam, eles não gostam mesmo de andar calçados. E agora? — perguntou Emília para Kido. — Vamos ficar aqui assistindo a essa negociação idiota?

Eles estavam escondidos atrás das árvores que circundavam a fortaleza.

— Se a gente sair daqui, é capaz de os portugueses nos atingirem com tiros de arcabuz ou os índios com flechas dos guirapás.

— Os índios perderam. Sepé Tiaraju foi feito prisioneiro. O que você quer ver além disso?

Kido fez sinal de silêncio para ela. Seu "ouvidomamãeepapai" estava dando sinal.

— Oi, mãe, podemos falar mais tarde? Eu e Emília estamos em cima de uma árvore, qualquer descuido, a gente cai.

— Claro, claro, filho, mas não deixa de ligar, quero saber o que os guaranis acharam do bolo.

— Pode deixar — disse Kido, desligando, sem saber que, no Rio de Janeiro, um inimigo desconhecido acabara de localizá-lo.

— Está vendo? — disse Emília. — É melhor pararmos de acompanhar essas batalhas e irmos direto para São Miguel. Buscar a menina. Dar o bolo para o padre Félix. Talvez para o velhinho que está no hospital da missão.

— Não. É melhor desligarmos o meu "ouvido". Não gosto de mentir para minha mãe.

Conformada, Emília adiantou seu GPS Pirlimpimpim para dali a dois dias. O mesmo fez Kido depois de desligar o "ouvido", não sem antes colocar o sinal de ocupado. Quando sua mãe ligasse, acharia que o aparelho estava com defeito e eles teriam tempo de voltar.

Estavam para sumir dali, quando viram Sepé Tiaraju sair sozinho pela porta da frente do forte. O comandante foi acompanhá-lo e, de seu posto de observação, Emília pôde decifrar o que ele estava dizendo.

— Sepé Tiaraju combinou de ir buscar os cavalos que os índios tinham levado dos portugueses e voltar com eles. Com os cavalos, não com os índios, claro.

— Como você sabe? Não dá para ouvir daqui — protestou Kido.

— Porque eu sempre uso o Faz de Conta nessas ocasiões. Faz de conta que sei fazer leitura labial...

— Aposto que Sepé Tiaraju não volta com os cavalos coisa nenhuma — retrucou Kido.

— Aposta com quem? Comigo é que não vai ser. Devolver cavalos! Que ideia — zombou Emília. — Esse comandante pensa que Sepé Tiaraju é idiota.

— Vamos embora daqui para a tal Batalha de Caiboaté e depois direto para São Miguel — disse Kido, animado. — Para 10 de fevereiro de 1756.

— Vamos. Estou cansada de assistir a esses portugueses tomando a terra dos índios. Mas vamos chegar um pouco antes.

— Quem sabe os índios dessa vez não ganham? Eu li que 1755 foi um ano em que não ocorreu movimentação de tropas... — disse Kido, esperançoso.

— Eu li que 1755 foi o ano em que os cabildos dos Sete Povos das Missões se desentenderam mais do que nunca sobre a maneira de reagir ao Tratado de Madri — contrariou Emília, programando o GPS para 7 de fevereiro de 1756. — Mas nós já vamos ver pessoalmente o que aconteceu, não é?

OS VILÕES SE DESENTENDEM

— O que esse pessoal está fazendo em 1754? — perguntou Caio, intrigado, observando o telão onde havia acabado de escutar a conversa de Kido com a mãe.

— Não sei se é 1754 exatamente. É alguma época próxima. Mas eles estão assistindo à Guerra Guaranítica.

— Guerra Guaranítica? — perguntou Caio. — Nunca ouvi falar. — Guerra Guaranítica — disse Caio para seu relógio. — Pesquise o assunto.

O relógio sabia de tudo, organizava tudo, era um super-assistente pessoal e respondeu com voz robótica:

— Guerra promovida pelos padres espanhóis em defesa de suas fazendas depois do Tratado de Madri, em 1750.

— Mas desde quando Emília de Monteiro Lobato se envolve com fazendas de padres? — Caio estranhou. — Assistente burro, procure direito!

— Monteiro Lobato, escritor brasileiro, conhecido por suas ideias inovadoras e por seus personagens infantis, entre os quais Emília... — continuou a voz robótica, sendo substituída por um clique ab-rupto. Caio a desligou.

— Esse seu assistente pessoal, às vezes, é chato — zombou Rodrigo.

— Considerando que foi você quem o personalizou, era de se esperar — disse Caio. — É preguiçoso também. Aposto que ele pegou a primeira bobagem sobre as Guerras Guaraníticas e tentou me passar como verdade. O que essa menina está fazendo na Guerra Guaranítica? Ela já prejudicou nossos planos uma vez, vai querer prejudicar de novo? Você tem que descobrir mais sobre o que eles estão fazendo.

— O pior é que eu não posso! — disse Rodrigo.

— Não pode por quê? — Caio se enfureceu. — Não vai me dizer que você fez alguma burrada de novo.

— Eu não fiz nada! — reagiu Rodrigo, indignado. — O garoto desligou o "ouvido" para que a mãe não conseguisse localizá-lo!

— Era muito mais fácil conseguir o apoio dos Três Grandes antes dessa Abolição da Escravatura que eles conseguiram. Cinquenta anos antes! Ex-escravos indenizados! Escolas imperiais para os libertos! — Caio estava irritado com Emília e Kido. — Eles mudaram a História do Brasil, umas pestinhas de uns 12 e 15 anos! Estão se preparando para mudar de novo.

— O que eles podem fazer? Nada. — Rodrigo ficava assustado quando Caio se zangava, mas o jeito era desviar a atenção dele. — Amanhã não é o dia da reunião com os Três Grandes?

— Nós vamos reverter essa situação. É só você inventar mais um software que funcione para eles.

— E se eu não tiver nenhuma ideia vantajosa o suficiente?

— Vai aparecer a ideia. Aí nós teremos muito mais dinheiro e poderemos fazer parte dos Grandes em 2047. Faltam só 12 anos, Rodrigo. Ainda temos chances de deter essa Emília e esse tal de Kido.

— Nunca desmancharemos os efeitos da Abolição da Escravatura que eles conseguiram convencer aquela princesa austríaca a declarar.

— Não seja injusto, Rodrigo. D. Pedro não era austríaco e concordou — zombou Caio.

— Desde quando você se preocupa com injustiça, Caio?

— Só quando preciso contrariar um parceiro medroso, Rodrigo. Preste atenção. A Abolição da Escravatura que eles fizeram teve um lado positivo para nós. Muito mais brasileiros consomem e produzem tecnologia.

— Mas você mesmo disse, outro dia, que as pessoas agora são mais difíceis de manipular com o nosso software de influenciar preferências!

— São mais difíceis de manipular, não imunes à manipulação! Ô nerd burro que você é! — Caio impacientou-se. — Dá uma olhada no mundo! No planeta todo, gente como nós está ganhando terreno porque as pessoas têm preguiça de pensar! É só você ter uma ideia, até amanhã, de algum programa atraente que deixe as pessoas ainda mais cordatas! Os Três Grandes vão adorar!

CAIBOATÉ E A FONTE SECRETA

Kido e Emília tinham visto o que restou do Rio de Janeiro após o incidente da Queda, em 2047.

Emília tinha visto a Amazônia transformada num deserto por um erro de cálculo e pela ganância de vilões desconhecidos.

Nada disso havia preparado os dois para assistir ao que aconteceu nos Sete Povos das Missões antes do dia 7 de fevereiro de 1756.

O ano de 1755, em que os portugueses e espanhóis passaram sem batalhar contra os índios, foi o tempo que os generais Gomes Freire e Adonaegui usaram para reunir os dois exércitos com mais de três mil soldados, com canhões e fuzis. Além disso, dessa vez, espanhóis e portugueses levavam mais de oito mil vacas para alimentar as tropas. Os guaranis não sabiam disso. Saberiam em Caiboaté.

Em 1755 também foi decretado que os padres jesuítas que não convencessem os índios a entregar suas plantações e suas estâncias seriam considerados traidores da Igreja e da Coroa.

A decisão da Coroa espanhola contra os jesuítas instalou a confusão no território dos Sete Povos das Missões. Por onde Emília e Kido sobrevoavam com seus patinetes ouviam os boatos de que os jesuítas teriam vendido os Sete Povos das Missões para os portugueses. As opiniões dentro dos cabildos se dividiam. Alguns caciques achavam que deveriam "não cumprir o tratado". Mas nem todos concordavam em não cumpri-lo, porque a maioria não queria guerra.

Em janeiro de 1755, Sepé Tiaraju foi eleito corregedor mor de São Miguel em meio a muitas desavenças. Um ano e um mês depois da eleição chegou a notícia de que os exércitos inimigos se encontravam em Bagé. Trezentos e cinquenta guerreiros guaranis se prepararam às pressas para enfrentá-los. Talvez um pressentimento tenha feito com que padre Félix e os demais jesuítas que teimavam em ficar com os índios rezassem uma missa solene antes da partida de Sepé Tiaraju. Os pajés fizeram também o ritual da erva-mate e Sepé Tiaraju e seus guerreiros seguiram a roda em que se socava a erva queimada, se livrando do mal e pedindo proteção aos ancestrais.

Emília e Kido hesitaram, indecisos se deveriam descer dos patinetes e levar logo a menina Carmen ou esticar a estadia e seguir Sepé Tiaraju. Este partiu com cem guerreiros na esperança de continuar o que ele fazia bem: atacar os portugueses e espanhóis de surpresa, sem lutar em campo aberto. Os guerreiros comandados por Sepé Tiaraju fizeram alguns ataques relâmpagos, tentando ganhar tempo para que chegasse o grosso do exército missioneiro.

Num susto, porém, Emília e Kido viram a tropa guarani que Sepé Tiaraju comandava ser emboscada perto do rio Vacacai, em São Gabriel.

Viram quando uma lança portuguesa atingiu Sepé Tiaraju. Viram quando ele caiu. Viram quando oito guerreiros guaranis avançaram cercando Sepé Tiaraju, prontos para o arrastarem. Ouviram o grito do comandante português:

— Não deixem que levem o ferido, é Sepé Tiaraju.

Impotentes, Emília e Kido viram chorando os soldados atirarem contra o grupo de guerreiros guaranis e, um a um, os que tentavam socorrer Sepé Tiaraju caírem.

Choraram porque tinham uns 12 e 15 anos, porque vinham de um outro Brasil, porque não eram guerreiros, eram apenas testemunhas da origem dos males dos tempos em que viviam. E eles viram mais.

Estavam chorando ainda quando o comandante espanhol, José Joaquim Viana, se aproximou do índio Sepé Tiaraju, quase morto, no chão e o liquidou com um tiro de pistola.

— Ele matou um homem rendido! — gritou Kido, revoltado. — Um prisioneiro rendido!

Emília, quase se desequilibrando, agarrou o braço de Kido.

— Vamos embora daqui, Kido. Se eles nos ouvirem, nós não conseguiremos resgatar Carmen.

— Eu quero assistir à batalha de Caiboaté — teimou Kido. — O exército missioneiro está se agrupando...

Emília olhou para Kido penalizada, mas fez o que ele queria. Adiantou o GPS do tempo para três dias depois: 10 de fevereiro de 1756.

A batalha de Caiboaté, para onde os dois seguiram, durou menos de duas horas. Porque o exército missioneiro, sem o comando de Sepé Tiaraju, avançou em campo aberto. Mil e quinhentos índios com pouquíssimas armas e os canhões das tropas espanholas e portuguesas lançando projéteis em cima deles.

Ocupados em avançar, os que venciam não olhavam para cima e seguiam com a carnificina. Não tinham como ver os patinetes de Kido e Emília.

— Agora chega, Kido, vamos imediatamente para São Miguel.

— Como você consegue sair daqui agora? — Kido soluçava.

— Kido, você lembra a Queda? Lembra a Amazônia transformada em deserto? O Cristo Redentor em pedaços no charco que se transformou a baía de Guanabara? — Emília impacientou-se.

— Isso não vai acontecer mais — protestou Kido. — Nós conseguimos uma Abolição da Escravatura diferente.

— Mas não juntamos ainda os três cientistas, Kido. Nem descobrimos quem são os vilões. Não sabemos como derrotá-los. Você acha que Sepé Tiaraju gostaria que nós deixássemos de resgatar uma guarani que pode fazer diferença no futuro? Sepé Tiaraju ia querer que nós abríssemos mão de emboscar os vilões no futuro?

Para Kido o nome de Sepé Tiaraju estava agora ao lado de heróis como Zumbi, Ganga Zumba e Dandara. Ele sacudiu a cabeça, respirou fundo:

— Precisamos voar mais alto. Para avançar sem sermos atingidos pelas balas, pelas flechas e pela fumaça das plantações incendiadas pelos índios.

— Pelo menos os invasores não receberão de graça a riqueza que os guaranis construíram — disse Emília, rancorosa. — Bem feito. Só encontrarão gado solto e terra queimada.

Para Kido, aquilo não era consolo, mas estava preocupado agora com os gaviões.

Por algum motivo, talvez o Faz de Conta de Emília, os gaviões não os incomodaram na ida para São Miguel. Talvez as aves enormes tivessem pena do que viram dos seus postos nos ares. Lindos e assustadores, os gaviões os acompanharam na maior parte do trajeto, que era curto graças à velocidade que imprimiram aos patinetes.

Na Missão de São Miguel tudo era destruição e caos. Índios fugiam para a floresta. Índios choravam seus mortos. Soldados espanhóis e portugueses pilhavam. Não havia como encontrarem quem procuravam.

Assim Emília e Kido pensavam quando, de súbito, um índio jovem apareceu em frente a eles fazendo gesto de silêncio e indicando um caminho, à esquerda e para baixo.

— O que foi isso? — perguntou Kido para Emília.

— Não sei, mas o padre Félix me disse que os guaranis acreditam no desdobramento entre mundos. Esse é Itaete, eu o conheci em 1745 quando estive aqui pela primeira vez — respondeu Emília. — Vamos fazer como ele indicou, Kido, estou com um mau pressentimento — completou Emília, que não se assustava com muita coisa.

Emília e Kido chegaram à praça em frente à igreja de São Miguel.

— E agora? — perguntou Emília para Kido.

— Não podemos achá-la pelo sensor que desenvolvi porque existem muitas pessoas semelhantes a ela. O cotiguaçu virou cinzas. Carmen pode estar morta a essa hora ou pode ter fugido...

— E se nós refizéssemos os passos de Itaete quando se desdobrou na nossa frente? — perguntou Emília.

— Ninguém se desdobrou, Emília. Isso não existe — teimou Kido. — Aquilo foi alguma alucinação visual que tivemos pela emoção de ver Sepé Tiaraju ser morto.

— A câmera do seu patinete deve ter as imagens da "alucinação" — insistiu Emília. — Roda aí.

A imagem de Itaete estava gravada na câmera de Kido. Foi assim que eles chegaram a um lugar ainda não queimado, no meio do que restava da floresta. Um manancial com fontes que desaguavam num aqueduto. Padre Félix não havia mostrado aquele lugar para Emília, mas havia pegadas ali. Eles pararam e desceram dos patinetes. Viram um pequeno altar com a imagem de são Miguel e um alçapão atrás.

Emília e Kido desceram no escuro, com dificuldade, segurando os patinetes que agora eram uma arma poderosíssima de fuga.

Num espaço minúsculo encontraram Kauane, a índia vista por Emília no cotiguaçu, e Carmen, já uma moça, ao redor do padre Félix, ferido, com um curativo precário.

Um índio jovem ainda com as marcas de guerra no rosto e no corpo estava junto. Emília o reconheceu. Era Yapuguai, o aprendiz de escultor da missão de São João Batista.

— Como foi que as coisas chegaram a esse ponto? — perguntou Emília.

— Sepé Tiaraju não conseguiu o apoio de todas as missões. Algumas enviaram poucos guerreiros. Outras nenhum — disse padre Félix, conformado. — Está tudo acabado. Agora, é hora de vocês sobreviverem.

E continuou:

— Eu contei a Sepé Tiaraju, antes de ele partir para Caiboaté, a sua profecia — murmurou padre Félix com o que lhe restava de forças. — Ele encarregou Yapuguai de ficar e proteger a menina. Quando começou a destruição nós viemos para este esconderijo. — Padre Félix voltou-se para Kido. — Vocês chegaram a Caioboaté? Viram Sepé Tiaraju?

Kido baixou a voz e contou ao padre do massacre dos índios. Contou da lança, do tiro e da degola de Sepé Tiaraju.

— Martirizado — murmurou padre Félix. — Um prisioneiro de guerra. Quanta covardia contra um povo que sempre preferiu a paz.

Padre Félix se calou, de olhos fechados. Emília olhou para Kido. Teria o padre morrido?

— Ainda não. — O padre sorriu ao responder à pergunta mental de Emília.

— Bem que Itaete disse que o senhor era o padre que mais ria entre os jesuítas — disse Emília, se recuperando um pouco da tristeza. — Onde está ele? Ele apareceu para nós, nos guiando até aqui.

— Itaete partiu com o primeiro destacamento que saiu de São Miguel para Bagé, os índios trouxeram seu corpo. Está enterrado no cemitério da missão há três anos.

— Impossível — contestou Kido. — Nós temos as imagens...

— Então os guaranis sempre tiveram razão — murmurou o padre. — Alguns podem transitar da Terra sem Males para o nosso mundo. Como vocês sairão daqui?

Emília mostrou os patinetes.

— São pequenos para salvar a todos — murmurou o padre.

— Levem Carmen e Yapuguai — disse Kauane.

— E vocês? — perguntou Kido.

— Enterrarei o padre como um guarani e se for preciso o acompanho até a Terra sem Males — disse a índia com doçura.

— Meio século a serviço de uma ordem cristã e morrerei enterrado por uma guarani — disse padre Félix.

— Farei uma cruz, padre — esclareceu a mulher, também sorrindo. — Colocarei uma cruz missioneira por cima da terra para um dia seus companheiros o levarem para o cemitério cristão.

— Levaremos Carmen e Yapuguai para qual época? — perguntou Emília, que já não aguentava mais chorar naquele dia. — O mesmo tempo em outro lugar?

— E se os levassem para São Paulo? Ou o Rio de Janeiro? — sugeriu padre Félix. — Os colégios jesuíticos.

— Os jesuítas estão sendo expulsos da região toda, padre — respondeu Kido.

— Bandeirantes em São Paulo, Aimorés no Rio de Janeiro — disse padre Félix, com a voz já se esvaindo. — Melhor levá-los mais para perto do tempo de vocês.

— O padre agora acredita que nós viajamos no tempo? — perguntou Emília, brincando.

— Emília, você não perde a oportunidade de implicar, mesmo que seja com um moribundo? — murmurou padre Félix, mas sorrindo. — Vão logo. Nós ficaremos bem. E os jesuítas voltarão um dia, tenho certeza.

— Voltarão, padre — disse Kido. — Vocês terão colégios, universidades. Farão um papa. O papa Francisco. Daqui a 257 anos.

— Um papa jesuíta! — Padre Félix fechou os olhos sorrindo. — Isso me consola.

UMA AVÓ SALVA OUTRA

Vó Maria Conga estava sentada numa cadeira de balanço cochilando quando Emília, Kido, Carmen e Yapuguai entraram com Eloyá.

Kido havia sugerido irem para 1831, dez anos depois da Abolição antecipada que eles haviam ajudado a promover, quando conversaram com a princesa Leopoldina. Seria o início do governo de D. Pedro II, outros tempos, ele argumentou. Emília concordou com a data, mas não com a esperança de "outros tempos". Ela herdou de Monteiro Lobato certa desconfiança de governos, em geral, especialmente governos herdados pela mesma família. Apesar de um dia ter sido Marquesa de Rabicó, Emília não era muito fã de monarquias.

A avó sorriu quando viu os dois adolescentes guaranis entrarem na varanda de onde se avistava o quintal cheio de árvores.

— Vovó! — apresentou Kido. — Trouxemos esses dois amigos guaranis dos Sete Povos das Missões.

— Vieram da guerra dos caboclos! Nós contávamos essa história na senzala. O guerreiro Sepé Tiaraju e seu exército. — As palavras de Vó Maria Conga surpreenderam Emília.

Mais uma coisa que ela não sabia da História do Brasil. Não imaginava que, nas senzalas cariocas antes da Abolição, os escravos tinham notícias da Guerra Guaranítica. Nem que os escravos chamavam os líderes guaranis de caboclos.

— Venham aqui, vovó quer dar um abraço em vocês. — A preta velha estendeu os braços. Carmen se adiantou, primeiro, se deixou abraçar, colocou sua testa junto da testa da outra.

— Vovó, Eloyá, será que eles podem ficar aqui? — Kido se adiantou, beijando as mãos da velhinha, que beijou as dele também. — A gente achou que aqui é mais fácil de eles se adaptarem ao mundo moderno... Quer dizer, nem tão moderno assim.

— Claro que sim! — disseram Vó Maria Conga e Eloyá, ao mesmo tempo.

— Vocês fizeram bem em trazê-los para cá — continuou Eloyá. — Mais fácil aqui. Esse tempo em que vocês vivem tem muita coisa estranha.

— Só uma coisa. — Vó Maria Conga olhou para os dois jovens índios. — Aqui eles serão a primeira família guarani, mas não conseguirão manter o preceito.

Kido e Emília se entreolharam sem entender.

— Guaranis casam com guaranis — explicou Carmen. — Isso era fácil quando éramos missioneiros. Mas agora que fomos derrotados...

Yapuguai levantou os olhos com rebeldia.

— Outros exércitos missioneiros podem continuar...

Vó Maria Conga se levantou com dificuldade, passou as mãos pelos ombros do jovem índio, desceu pelos braços.

— No seu tempo, a essa hora, os missioneiros estão derrotados. Mas o menino pode ficar aqui e trazer um pouco dos guaranis missioneiros para este mundo, para este tempo.

Yapuguai continuou olhando para o lado como era o hábito dos guaranis. Depois olhou para Vó Maria Conga. Ele tirou um papel da bolsa de algodão que trouxe debaixo do ponchito e leu para todos um trecho:

— "De maneira nenhuma deixaremos nossos ervais, nossas plantações de algodão, nosso gado para os portugueses..." Isto foi enviado ao governador de Buenos Aires por todas as autoridades indígenas e por 23 caciques. Como seremos derrotados para sempre? Eu aceitei sair para proteger Carmencita... Ela está segura, posso voltar.

Kido fez que não com a cabeça.

— Sepé Tiaraju nunca vai morrer — insistiu Yapuguai. — Outros guerreiros...

— Você tem razão. Os ancestrais não morrem, meu povo também acredita nisso — contemporizou Eloyá. — Mas vovó também tem razão, vocês serão a semente do povo missioneiro aqui.

Yapuguai fechou os olhos, respirando fundo, depois saiu correndo pela porta que dava para os fundos da casa. Carmen saiu mancando atrás dele.

Kido e Emília contaram para Vó Maria Conga e para Eloyá sobre a batalha final. A velha escutou em silêncio, depois maneou a cabeça, conformada.

— É uma pena que Sepé Tiaraju tenha partido tão jovem para a Terra Sem Males — disse Vó Maria Conga. — É muito triste perder uma guerra justa, mais triste ainda quando o inimigo toma o que é nosso e condena nossos descendentes ao sofrimento. Mas perder lutas faz parte da vitória final.

— Esses dois aí não estão condenados ao sofrimento — corrigiu Emília.

— Esses dois não. Eles conduzirão nossos povos à vitória. Daqui a muitos anos. — Vó Maria Conga sorriu para Eloyá. — Eu tenho mais tempo nesta terra, antes de ir me encontrar com meu povo. Dá para esperar o nascimento de pelo menos um guarani missioneiro.

— Emília! — Kido a chamou, aflito. — Nós só temos mais 45 minutos fora do radar dos hackers. Precisamos sair daqui, antes que descubram para onde levamos a segunda cientista.

— A avó da segunda cientista, Kido. A avó — retrucou Emília com seu jeito implicante. — Carmen não é a cientista. Mas a gente tem que ir mesmo. Digam tchau por nós, se a gente começar a se despedir, não acaba hoje.

Kido a olhou indeciso, mas sabia que a despedida seria longa e dolorosa. Ele se deixou abraçar por Eloyá e Vó

Maria Conga, enquanto Emília jogava beijos para as duas, como se estivesse num picadeiro.

— Você é uma palhacinha mesmo, Emília! — Ele riu, subindo no próprio patinete.

ADIVINHA QUEM SE TORNOU UMA DAS QUATRO GRANDES?

Emília e Kido viajaram de 1831 — a época em que o Brasil esperava D. Pedro II se tornar imperador — até 2035 em minutos.

Quando chegaram à casa de Kido, Emília se espantou, de novo, com a mudança que os esperava. Ela não havia considerado a evidência de que, cada vez que mexiam em alguma coisa no passado, o futuro para o qual voltavam também estaria diferente. Kido também não. Mas, graças a eles, um par de índios guaranis fora transportado para dois séculos antes. Dois séculos para o triunfo ou o fracasso dos sobreviventes da Guerra Guaranítica.

As pistas do que aconteceu com eles apareceram logo.

Primeiro, a casa de Kido, uma casa confortável, embora modesta, agora era um prédio de dois andares. De um escritório com janelas de cima a baixo, o pai de Kido, Luís Felipe, trabalhava de frente para um jardim muito maior do que o que existia quando eles partiram.

— O que foi que aconteceu por aqui nas 24 horas que ficamos fora do nosso tempo? — perguntou Kido, assustado.

— Não sei, mas vamos descobrir — disse Emília, despachada, estacionando o patinete na entrada antes de se espantar com um prédio novo na vizinhança. — Kido, veja só.

Do lado direito, na estrada da Gávea, onde antes existia um terreno baldio separando pequenas casas, se erguia um prédio enorme na frente do qual estava escrito: "Inteligência, Independência, Ciência, Tecnologia. Coletivo 4."

Kido e Emília correram para dentro da casa dele, se atrapalhando ao subir as escadas, loucos para falar com Luís Felipe ou Adriana, alguém que lhes explicasse as mudanças.

— Francisco, meu filho, eu já estava preocupado! Hoje é o seu dia de se apresentar no LIADR.

Ao ver a expressão apatetada de Kido, Emília se adiantou.

— O senhor pode me explicar, de novo, o que significa LIADR?

— Laboratório de Inteligência Artificial e Desdobramento de Realidades. O que aconteceu, Emília? Você esqueceu que nossos vizinhos transformaram a cultura guarani em pura tecnologia?

— Hem? — O espanto de Kido não se justificava. Afinal, ele sabia que os pais estavam em outra realidade enquanto ele e Emília modificavam o passado.

— Kido se candidatou a uma bolsa de estudos no laboratório e foi selecionado. Em que mundo você anda?

— O senhor nem imagina! — disse Emília, piscando para Kido.

Dessa vez, ela não ia contar tudo de novo.

— A partir de hoje, Emília, Kido vai estudar com jovens supertalentosos, todos mais velhos do que ele, uma das quais herdeira de 25% de toda a riqueza da Corporação — explicou Luís Felipe, orgulhoso. — Por que você não acompanha Kido no seu primeiro dia de estágio?

Dizendo isso, Luís Felipe voltou para o trabalho que estava terminando: a catalogação de plantas medicinais preservadas na Amazônia.

— Por que você não contou para meu pai o que aconteceu? — perguntou Kido para Emília enquanto se dirigiam ao Coletivo 4.

— Porque não sabemos ainda quem são os inimigos — disse Emília. — E se alguém tiver hackeado o sistema de comunicação do seu pai com outros pesquisadores de plantas? É melhor escrever um livro quando a gente descobrir tudo.

— Um livro? Para que um livro?

— Para que todas as crianças brasileiras de 2035 em diante saibam o que foi a República Jesuítica Guarani — disse Emília, sonhadora.

Eles haviam chegado à portaria do prédio do Coletivo 4. Quando Kido e Emília se identificaram para a mulher de cabelos grisalhos que estava na recepção, um apito soou. A mulher sorriu para eles:

— Meu nome é Isabel. Carmen Guarani, que faz parte da diretoria, pediu para ser avisada quando vocês chegassem. Vou levá-los até ela.

Isabel apertou um botão e um robô com a aparência de uma jaguatirica de cílios postiços e enorme sorriso assumiu a mesa da recepção. A um sinal de Isabel, Emília e Kido a acompanharam por um corredor extenso, depois por uma porta disfarçada na parede.

A porta dava para uma sala onde uma moça nos seus 16 anos, no máximo, estava sentada em frente a um telão em modo de espera com a imagem de Monteiro Lobato.

— Obrigada, Isabel — disse a moça, se levantando. — Daqui em diante, eu cuido deles.

Isabel sorriu para Emília e Kido e refez o caminho pelo qual haviam passado.

— Meu nome é Carmen Guarani, como todas as primeiras filhas da minha família se chamam desde o século XIX. Você é Francisco, nosso novo estagiário, e você, suponho, é Emília de Lobato.

Emília e Kido se entreolharam apreensivos. A jovem tinha o tom de pele de uma índia, mas os cabelos eram menos lisos do que seria de se esperar. Como ela sabia tanto sobre eles? O quanto ela sabia?

— Nós compramos de dois jovens muito talentosos um software que acompanha o deslocamento dos funcionários da Corporação.

— Espionagem — cochichou Emília alto o suficiente para a jovem ouvir.

— Compramos para que eles não vendessem para os nossos concorrentes. Eu resolvi testar o software em um dos rapazes que o venderam para nós e descobri esta sala e este telão que acessa Monteiro Lobato.

— E você conversou com Monteiro Lobato? — perguntou Emília, zombeteira, já adivinhando a resposta.

— Não. Ele disse que só conversaria comigo quando você voltasse das terras dos guaranis. O que você sabe sobre os meus antepassados?

— O que você sabe sobre os seus antepassados? — devolveu Kido. — Sua resposta é importante para nós.

— O que eu sei é que meu tataravô, Yapuguai, começou uma fabriqueta de instrumentos musicais numa casa emprestada aqui na região. A mulher dele, de quem herdei o nome, dava aulas de canto e assim os dois juntaram dinheiro, foram para a Europa e ficaram ricos. Quando começou a Primeira Guerra Mundial, os netos deles foram para os Estados Unidos. A família foi enriquecendo, mas sempre com a intenção de investir na herança guarani. Meus pais resolveram voltar para que eu nescesse brasileira. Hoje minha família é dona de 25% da Corporação. Agora, vocês.

— Fomos nós que trouxemos os dois jovens guaranis para cá. Fomos buscá-los em 1756 para evitar que sua tataravó morresse no final da Guerra Guaranítica. Não sabíamos que eles ficariam ricos com o que aprenderam com os jesuítas.

A meia hora seguinte foi gasta contando para Maria do Carmo Guarani o que acontecera. Para evitar qualquer descrença, Emília mostrou as fotos no seu celular. As fotos que estavam guardadas para o Museu da Emília que ela, um dia, planejava reconstruir.

— Então é por isso que eu tenho esse nome de velha, Maria do Carmo Guarani — disse a moça, pensativa. — Ainda bem que ninguém me chama assim.

— É para chamar você como? — perguntou Kido.

— Podem me chamar de Carmen ou de Carmencita. — A jovem sorriu para ele. — Ou de Mêmis. É como meus amigos me chamam. Por que vocês não interferiram na Guerra Guaranítica como interferiram na Abolição da Escravatura? Por que deixaram os guaranis morrerem?

— Para interferir, precisaríamos encontrar alguém, no passado, com poder para mudar o presente deles. O que nós podíamos fazer? Convencer Sepé Tiaraju a se entregar? Ir a Espanha e convencer o rei a não entregar os Sete Povos das Missões para os portugueses? Os jesuítas tentaram isso de 1750 a 1753 e não conseguiram nada.

— O resultado não seria diferente. É isso que você quer dizer? — perguntou Mêmis, triste.

— Acho que não seria. Duzentos mil índios guaranis foram aprisionados pelos bandeirantes de São Paulo no primeiro ciclo das missões. No caso dos Sete Povos das Missões, dois exércitos estavam contra os guerreiros de Sepé Tiaraju. Ele morreu como um valente.

Os três se calaram, digerindo aquelas memórias. Emília foi a primeira a escutar o barulhinho no telão onde a imagem de Monteiro Lobato estava congelada.

— Cof, cof — tossiu o escritor com a voz distante piorada. — Está frio aqui, esperando você.

— Lobato, você existe mesmo! — disse Mêmis, espantada.

— Claro que eu existo! Quem você pensa que escreveu os livros que você leu? — disse Monteiro Lobato, entre zangado e divertido.

— Só você mesmo para criar alguém como Emília — disse Kido. — Obrigado por ter dado a ela a oportunidade de me encontrar.

— Não precisa agradecer — respondeu Monteiro Lobato se fazendo de modesto. — O futuro do Brasil é de vocês e aqui deste lado a gente fica sabendo dos riscos. Não pude consertar as coisas pessoalmente, mas, pelo menos, vocês podem.

— Se você sabe dos riscos, sabe também quem são os vilões? — perguntou Kido. — Os que hackearam o patinete de Emília?

— Sei — disse Monteiro Lobato com um suspiro desgostoso. — Mas não posso dizer.

— Por quê? — perguntaram Kido e Mêmis ao mesmo tempo.

— Porque ele estaria mexendo diretamente no nosso futuro — disse Emília.

Kido e Mêmis olharam para o telão onde Monteiro Lobato concordava pesaroso com a cabeça.

— Vocês já sabem o que os espera em 2050, se não conseguirem juntar os três cientistas e localizar os vilões — disse Monteiro Lobato. — Desertificação da Amazônia, caos urbano, crianças sem escola, a cultura brasileira destruída.

— Mas com a Abolição isso ficou mais difícil. Sem contar que uma cientista rica também atrasa o lado dos vilões — protestou Kido.

— Pois é — concordou Monteiro Lobato. — A quantidade de cientistas de diversas origens torna mais fácil convocar um cerco contra os meliantes. Dinheiro sempre ajuda.

Mas vocês precisam trazer o terceiro cientista para que o trio descubra o segredo da fartura. E precisam evitar que os vilões provoquem a Fenda no Tempo.

— E a Queda — concluiu Emília. — Seria tão mais fácil se você nos entregasse os nomes dos inimigos! Poderíamos fazer justiça logo!

— E quem acreditaria em vocês? — questionou Monteiro Lobato. — É mais seguro não facilitar.

O escritor disse isso e sumiu da tela.

CORAÇÃO DE MÃE

D. Antonia entrou na cozinha e estranhou ver Rodrigo já sentado tomando café da manhã.

— O que foi, filhinho? Caiu da cama? — perguntou, passando a mão no cabelo dele.

— Claro que não, mãe. Eu tenho 19 anos, isso é idade para cair da cama? A senhora não vive dizendo que eu preciso arranjar um emprego? Arranjei.

— Que bom, meu filho! Onde?

— Na empresa de uma índia — respondeu Rodrigo, zangado. — Satisfeita? Você nunca quis me ver rico por conta própria, conseguiu o que queria.

D. Antonia colocou a mão no peito, entristecida. Não entendia como era possível aquele menino ser tão zangado contra tudo e contra todos. Inclusive contra ela. Antes, no entanto, que ela pudesse reclamar, chegou, sem bater na porta, Caio.

— Que bom que você chegou! — disse Rodrigo, aliviado. — Minha mãe, que nunca está contente com o que eu faço, estava aqui me interrogando sobre meu novo emprego. Vamos para o meu quarto, ainda tenho um tempinho para conversarmos antes de começar a escravidão.

D. Antonia não teve nem tempo de se defender da acusação injusta. Decidiu, porém, não se preocupar mais com as grosserias do filho. Saiu para o jardim, uma de suas alegrias, para cuidar das flores. Do que adiantava se preocupar com quem não queria ser alvo de atenções?

Ela estava abaixada, ajeitando a mangueira, quando escutou da janela do quarto do filho, que estava aberta:

— Aquele negro começou a estagiar ontem exatamente no setor de programação. Já conheceu a índia, passaram horas trancados na sala secreta que você deixou que descobrissem. — Era a voz de Caio reclamando com Rodrigo.

O coração de D. Antonia ficou apertado, mas ela resolveu não mostrar que estava ouvindo. Qualquer que fosse a travessura em que seu filho estava metido com aquele traste do Caio, ela tentaria dar um jeito. Não estava gostando nada da maneira como o amigo de Rodrigo falava: "aquele negro", "a índia".

— Tenho certeza de que foi ele que interrompeu o programa que você colocou no GPS do patinete da tal Emília.

— Que nada! — disse Rodrigo. — Aquele pirralho não conseguiria burlar o meu programa de rastreamento.

— Ele conseguiu, não foi? Ele e a Emília fizeram alguma coisa nas 24 horas sem monitoramento que permitiu que 25% da Corporação fossem comprados. O pior é não saber onde, como, quando e o quê eles fizeram para conseguir esse resultado.

— Algum tesouro escondido? — perguntou Rodrigo.

— Tesouro? Essa índia fez os melhores cursos de biotecnologia na Europa e nos Estados Unidos! A família dela é rica desde o tataravô!

— E o Monteiro Lobato, que estava no telão congelado? Por que você não lê os livros dele para descobrir o que esse bando está tramando?

— Ler os livros? Por que eu vou ler os livros quando você pode desenvolver algum software espião para a gente saber os pensamentos dos três? Vamos embora. Se eu conseguir fechar o novo contrato para vender sua última invenção, em breve seremos o Quinto desse tal Coletivo. Coletivo! — zombou Caio. — De onde eles tiraram esse nome ridículo?

As costas de D. Antonia estavam doendo, mas ela não podia deixar que eles a vissem agora. Não depois de saber que seu querido filho, seu único filho, estava sendo manipulado, desvirtuado, desencaminhado por aquele amigo mau caráter. Ela precisava fazer alguma coisa. O quê, ela ainda não sabia.

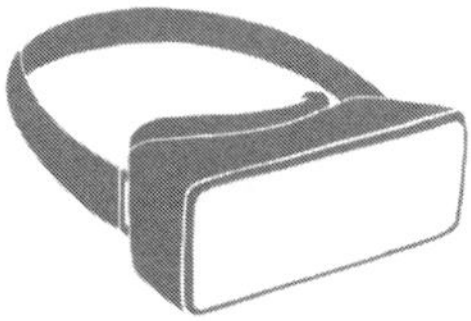

Direção editorial
Daniele Cajueiro

Editora responsável
Mariana Elia

Produção editorial
Adriana Torres
Carolina Rodrigues

Revisão
Luana Luz de Freitas
Marcela Ramos

Pesquisa
Mayra Vaz Carneiro

Diagramação
Leticia Fernandez Carvalho

Este livro foi impresso em 2019
para a Nova Fronteira.